CB055693

NOS

A construção

Andressa Marques

A Antonio, o presente

Agradeço ao Marcelino Freire e à Ana Flávia Magalhães Pinto pela conjugação dos sonhos

*Mesmo quando a gente ainda não sabe,
nossos bisnetos já estão aqui.*
MATEUS ALELUIA

Ouvi dizer que em Brasília não vão entrar negros. Falavam isso antes. Lembro de tudo, das pessoas e da água correndo em abundância, levando junto uma escassez de objetos, parte de tudo que tinham. Ela chegou devagar para quem buscava cumprir uma tarefa e rápido demais para quem queria o sonho. Eu vi tudo. Não acreditaram que a água dormente descansaria entre os chapadões outra vez. Eu também não acreditei. Isso tinha sido há muito tempo, tanto que quase esqueço o tom das vozes dos miúdos que brincavam na enseada enquanto os adultos, em translúcido silêncio, acertavam peixes graúdos com lanças tão agudas quanto os sons finos que as crianças faziam. Era uma vida mais justa, eu lembro.

Mas ela veio e se aquietou no meio da depressão represada. As tantas pessoas que levantaram a barragem também foram as que correram quando a força do líquido vigorou. O som de todas aquelas vozes é mais nítido para mim, todas elas. Cresci e me rasguei por meio de todos esses ecos, sou partida. Se eu pudesse fechar meus olhos, os ouvidos ainda abririam os caminhos dessa memória liquefeita.

Eram muitos os barracos. O colorido aguado escorria pelos cômodos únicos feitos de sobras de tábuas e sacos de cimento com vestígios da matéria, que endurecia com a água inevitável compondo a paisagem da vila operária. Eram esses barracos que guardavam o pouco descanso dos homens mortificados pelo trabalho pesado. A esteira para o sono era rara e a cama ainda mais impossível. Só lhes restava despencar o corpo dolorido e machucado pela lida na obra nos papelões ou colchões mais finos que as paredes de madeirite cheias de santinhos, recortes desbotados de revistas com mulheres peladas, terços e calendários ensebados. Lembro bem.

Os quartinhos únicos eram a morada de mais de um. É que sempre havia um compadre feito na boleia do caminhão ou um amigo nascido no alto dos andaimes para dividir o que dava para dividir. E sempre dava. Quem vive na escassez tem pavor é da avareza. Mas tinha também barracos com famílias completas e estabelecidas do jeito que fosse possível. As poucas mulheres dali tentavam maneiras de deixar a coisa melhor em seus cantinhos durante a noite. O chão de terra batida bem lisinho e nivelado pelas cerdas duras das vassouras de piaçava era uma das formas. E isso também exigia trabalho constante. Olho para trás e vejo que todos os segundos daqueles anos foram sorvidos pelo trabalho que não findava.

Mas acontece que a água tinha que vir, disseram. Não é possível isso, não, tem gente aqui, eles não estão vendo? Essa conversa era repetida na porta dos barracos. Mas ela veio, a água. Dizem que avisaram, dizem que alagaram. Mesmo o pessoal que trabalhava fechando a depressão achava exagero e que o buracão era muito grande para ficar todo cheio. Isso era papo. Fosse assim, dava pra fazer igual fácil lá no norte e água não haveria de faltar, não é? Não sei. O que sei é que desviaram o curso dos dois rios e a água foi chegando acompanhando a pressa de quem queria limpar o horizonte de tudo que era sobra.

E não restou barraco nenhum da Vila Amaury para contar essa história. Eu lembro de tudo, mas algumas memórias eu queria era esquecer.

As correntes líquidas foram enchendo o chapadão agora fechado e houve pouco tempo para pegar o possível dentro dos barracos: um maço de cartas enroladas num barbante, uma trouxa com as insuficientes mudas de roupa e o documento marcado pelos vincos do manuseio de mãos que trabalham. Ainda era preciso provar que existiam, incansáveis. Ninguém estava vendo? Não. Ninguém queria vê-los. E foi assim que o lago e sua beira do abismo nasceram.

Não havia tempo para sofrer. O desespero da perda do pouco que se tinha deu lugar ao instinto que impulsiona à vida. Esmorecer é pior que morrer porque é mais lento. As pessoas foram atrás das tábuas, das lonas, das tintas, das mãos amigas e se juntaram próximo à vila encharcada e às margens do lago recém-nado. Havia tanta gente ali, como eu lembro delas. Depois de tudo o que aconteceu, sei que a memória é água com sedimentos. A gente deixa a parte mais limpa em cima para o pesado descer, mas isso leva tempo. Então vem um pranto estridente de bebê e na superfície da água quase límpida vão se formando círculos do centro até a borda. Começa devagar com o pranto de pouco ar e depois atinge uma rapidez que precipita tudo. E lá vem a dor sedimentada se misturando à água quase limpa outra vez.

Eu lembro desses homens. Mas tem um que eu lembro mais porque ele teve meu amor, meu ódio e depois meu amor de novo. Ele fez o bebê chorar com toda a intensidade que seus pulmões eram capazes. O instinto fez o alerta da mortalidade da água e do homem que o carregava nos braços. Esse bebezinho tinha a cor da pele do amendoim, aquela fina que surge quando a casca mais rígida é irrompida. Seus bracinhos, que ainda seriam fortes, atacavam o ar. Eu quis tanto tirá-lo dali. Seus dez dedinhos macios tentavam segurar o que encontravam em sua frente: os braços de seu pai transtornado por tudo e por nada. Com as pupilas entumecidas pela ira e anuviadas pelo desgosto, ele segurou o bebê no lago gelado para morrer. Como esquecer o minúsculo corpo arroxeado nas mãos do sofrimento? Eu não pude. E quando esse mesmo homem despencou do alto da obra, tendo o crânio esfacelado pelo impacto seco, quase não teve minha compaixão. Mas eu não pude barrá-la como fizeram com as águas que inundaram a vila. Eu lembro dos dois sedimentos dessa água dura.

Eu sofri tanto, minha querida, não esqueça que eu sofri vendo tudo isso. E você? Sei que você quer contar essa história, eu também te vi crescer. Olhe, escreva o que for para escrever.

I

Ouvi dizer que vai ter uma lista diferente com nossos nomes, um asterisco na matrícula, algo assim. Cotistas. No dia em que me matriculei não perguntaram nada e gostei. Queria estudar e seguir. Foi assim na escola quando as boas notas elevaram meu patamar na classificação entre quem é promessa e quem é problema. Fiz de tudo para ser a primeira opção e consegui. "O movimento é uma regra", frase de efeito do meu pai quando discursava nas reuniões da articulação, parecia uma sentença fácil de aplicar nos anos em que eu não a compreendia. A precipitação da juventude é um princípio.

Ainda me recordo do frescor do novo cotidiano de quem acorda com o nascer do dia não mais por hábito insone, mas pela imposição das obrigações. Agora eu estudava longe e precisava sair de casa com as primeiras trabalhadoras que apertavam o passo para mostrar ao sol que era bem-vindo, diminuindo levemente o ritmo com sua chegada e a sensação de segurança que trazia com seus raios. A luz sempre ajuda. Estranhei o ônibus novo e as pessoas diferentes em seus mundos que eu considerava iguais. O cobrador e o motorista ainda eram desconhecidos, mas logo eu saberia seus nomes, identificaria o jeito de cada um lidar com a gente e alinharia meu radar de temperamento para evitar os atritos do cotidiano. Um bocejo impaciente para informar sobre uma parada, um xingamento aleatório ao carro da frente, tudo falava a nós, a plateia. Eu pegaria aquela condução por um bom tempo, a paisagem seria familiar de Taguatinga a Brasília, e isso tinha um gosto bom de primeira conquista. A universidade era pública.

Atravessar aquele amplo corredor de asfalto na maior velocidade possível ao motor do ônibus e ao fluxo do trânsito era um movimento que me alargava. Claro que eu já conhecia o Plano Piloto. A novidade agora era a repetição. As idas diárias me trariam os detalhes. O alerta de que os prédios iguais não passavam de um verniz ficava ali ciceroneando minhas próprias impressões sobre aquelas quadras idênticas. Achei que seria automático tirar as afirmações do meu pai da cabeça e dar lugar às minhas, mas aquela primeira manhã me mostrou que não. Os juízos dele me pareciam estreitos e eu queria transpor seu mundo onde era obrigatório caber na perfeição da afirmação.

O sol estava a toda, as paradas começavam a ser solicitadas e havia cada vez menos vozes em disputa com a barulhada do motor. Eu me sentei muito na frente, queria ser amparada pelo cobrador, caso me perdesse na contagem das quadras, e não vi que era um pessoal mais novo que estava no ônibus agora. A virada no meio da L2 Norte aconteceu. Já sabia que a partir dali eu estaria na universidade. Olhei para trás e vi que já tinha gente em pé ou se preparando para levantar, guardando maços de cópias nas mochilas que serviram de travesseiro na travessia. Fiquei de pé também.

Paramos num ponto que parecia ser o principal, já que todos se enfileiraram para descer. Não quis perguntar nada ao cobrador porque eu não tinha sido simpática antes, quando ele tentou engatar uma conversa qualquer sobre o tempo. Melhor causar a impressão de tímida que de indiferente. Desci no fluxo. Os estudantes já se conheciam e foram andando em bando. Uma fila desordeira se fez e começamos uma marcha em direção ao prédio principal, o Minhocão, um imenso corredor cheio de salas de aula e vazado por grandes jardins que o atravessam pelo meio. Notei que uma mochila à minha frente estava entreaberta e um plugue saía dela. À medida que a menina andava, o fio balançava e saía cada vez mais. Precisei dar uma corridinha para tocar em seu ombro. "Tem um fio saindo da sua bolsa", disse à garota.

"Ah, é minha chapinha."

Nos olhamos e o instantâneo meio sorriso anunciou empatia. Achei incrível carregar um objeto pesado assim na mochila. Ela poderia ter agradecido e guardado o fio, mas quis me dizer o que carregava. Deve ter olhado minha escovinha amadora e quis me oferecer a segurança estética vinda da pinça de ferros quentes que alisava nossos cabelos e que poderia queimar a testa ou a orelha. Pensei que ela era esperta e a vida exigia algo assim de nós.

"E não é muito pesado?", perguntei.

"Os livros também são."

Caminhamos juntas e a menina me indicou a direção a seguir para achar minha aula. Estávamos ambas atrasadas. A sala dela chegou e interrompeu o papo sobre o funcionamento da universidade. Ela era veterana e tinha coisas a fazer, gente para falar. Nos despedimos sem dizer nossos nomes. Era como se uma não quisesse mostrar seu interesse para a outra. Éramos orgulhosas. Anos depois entendi que aquela resistência inaugural, a autodefesa instaurada e jamais abandonada, seria nossa matéria. Ainda não podia compreender, mas antes dali éramos as únicas nos lugares que frequentávamos e, de repente, estávamos uma em frente à outra compartilhando silenciosamente a compreensão do porquê carregar uma chapinha pesada no meio dos livros.

Ouviram dizer que parecia uma visagem. O rio estava cheio e bem mais escuro naquele estranho adeus da tarde. Iranzinho teimou em sair com o bando de moleques do Baixão para se divertir vendo os saveiros partindo, repletos de tudo um pouco, em direção a Salvador. O único irmão de Rita, mais novo nos anos e mais velho na alma, era voluntarioso, e contar vantagem de sua inata coragem o destacava da revoada de crianças ainda sem nome para os adultos, que os viam apenas como moleques. Iran queria ser diferente. Ele sabia que engolir piabas não ensinava ninguém a nadar, mas tragava todas as possíveis, três, quatro, cinco, seis, uma atrás da outra, só para ouvir os gritos agudos das vozes masculinas nos anos de mudança que os amigos soltavam excitados pela ousadia.

No adeus da vida, a noite chegava e o aspecto de tempo indefinido ajudou-lhe a decidir no impulso: a sensação de quem encara os extremos dos sentidos seria triunfal. Iran pulou nas águas turvas escurecidas pelas chuvas de janeiro, queria mostrar que ia fundo, mas a correnteza ficou instantaneamente diferente. Era como se a água quisesse encontrar a si com força e pressa. Fez-se um círculo ligeiro demais para o contar das palavras na mesma velocidade com a qual Iran lutou para subir, mas o menino foi tragado. O rio o levou para longe, sua cor de casca de cacau maduro deu lugar ao impiedoso púrpura amolecido.

O rio que dividia a cidade e dava de comer, beber e trabalhar a toda a gente, apartou carnalmente Rita do irmão. Também foram em suas águas, já moça, que Rita decidiu se desvencilhar de um ritmo mofino de vida. Não queria contar os dias atrás dos passos da mãe, que buscava mensagens do filho nas mesas brancas da Bahia próxima. Sua sensibilidade a fez reparar no cálculo da mãe, que jamais aceitou seu encantamento pelos sons dos batuques de mãe Matila. A insistência da filha numa crença ignorante sorvia Isabel e a puxava para um passado que maculava a vida imaginada quando se casou com Manoel e sua promessa de futuro vinda do além-mar. Era preciso parar a filha, assim como era preciso parar a água que devorou o pequeno Iran. Ela pediria perdão tantas vezes quanto fosse possível por não o ter tirado do redemoinho líquido. Isabel estava determinada a salvar a filha do atraso. Ainda não sabia que na vida Rita só dançaria nas próprias águas.

II

Cheguei à sala certa e por culpa do azar, ou da cidade, eu estava atrasada. O atraso sempre foi uma sombra. Vi pela janelinha no meio da porta que o professor gesticulava e falava com voz grave e pausada. Segurei as alças da mochila como se fossem um suporte para meus pensamentos e quase desisti de entrar. Talvez fosse melhor chegar bem cedo na próxima aula e causar boa impressão. O encaixe perfeito era minha ambição de juventude. Quando eu já estava decidida a ir embora, uma menina de cabelo liso e molhado passou direto por mim e abriu a porta. Senti o cheiro de banho recente de seu rastro e entrei junto com ela. Segui para o fundo da sala e me sentei, a garota ficou na cadeira ao lado.

Olhei para tudo que pude, o retângulo grande e largo com mais cadeiras que estudantes, o quadro branco enorme e as fissuras na parede que permitiam que avistássemos as árvores, o estacionamento e que o insuficiente vento seco de agosto entrasse. O professor tinha o rosto pontilhado por vestígios de espinhas de toda uma vida, sua voz grave combinava com a face branca marcada e o olhar vazio, mas destoava da roupa colorida, uma camisa em mangas curtas com um arranjo de verde-limão e rosa.

Não conseguia prestar atenção ao que ele dizia, mas entendi que era a apresentação daquilo que aconteceria na disciplina, quando outra pessoa atrasada entrou na sala e pegou um papel em cima da mesa do professor. Antes que eu sofresse por não ter recolhido um para mim, a garota com quem entrei se levantou para buscar o seu e acabou pegando um para mim também. Ela era simpática, sorri em agradecimento e pensei que seria ótimo chegar assim tão fresca à aula e sem preocupação com o atraso, como ela. Se eu lavasse o cabelo de manhã, ele se secaria antes mesmo de o 349 sair de Taguatinga.

Acomodada do jeito que deu, passei a prestar atenção ao que o professor dizia. Era uma disciplina introdutória que despertava minha curiosidade e instinto de sobrevivência de estudante que só poderia acertar. A pressão me deixava ansiosa, mas era bom estar ali. Comecei a ler as informações do papel e percebi ser igual ao que eu tinha visto no mural ao lado da secretaria do departamento quando fui fazer minha matrícula. Anotei o nome do professor, Albernaz, e dos livros porque a matéria era obrigatória na minha grade horária. Quis me antecipar comprando o primeiro título da lista. Queria estar um passo à frente.

Depois que o professor explicou o cronograma da disciplina, passou a falar sobre a primeira leitura. Os outros alunos começaram a abrir as mochilas e pegar xerox, cadernos e livros. Alguns já tinham o livro como eu e isso me desconcertou. Então todos ali estavam sempre um passo à frente? A menina de cabelo molhado tinha um também, mas diferente do meu. O dela tinha uma capa dura azul com o título em letras douradas e parecia algo antigo comprado em sebo ou saído diretamente de uma biblioteca pessoal. Meu exemplar era pequeno, tinha uma capa mole com uns desenhos feios e de gosto questionável. Por ser um livro clássico, era normal haver diferentes edições, traduções e isso eu já sabia também.

Pensava nisso, quando o professor Albernaz falou que não era para lermos qualquer edição em razão das diferenças entre as traduções, algumas eram muito fracas e atrapalhariam nossa compreensão do texto. Como ele falava e andava pela sala, entendi que era perda de tempo tentar acompanhá-lo com o olhar e foquei minha atenção nas minhas anotações. Percebi que ele se aproximava e se posicionou entre mim e a garota de cabelo molhado:

"Vejam! Temos dois exemplos de diferentes traduções aqui."

Enquanto pegava nossos livros e se dirigia para a frente da sala, eu e a menina nos olhamos com cara de quem deseja a paz do anonimato. O novato só quer deixar de ser novato pelos motivos certos. Fiquei tão tensa com a situação que as diferenças que ele mostrava para a turma se transformaram em ondas inaudíveis na minha cabeça e só captei o teor final da avaliação: minha tradução era péssima e deveria ser evitada, a da menina era a melhor que existia em língua portuguesa.

Tão inesperadamente quanto nos abordou, Albernaz soltou os livros em cima das nossas carteiras. A indelicadeza de não os entregar em mãos foi um gesto ríspido que internalizei como algo que seria recorrente – minha natureza reativa era latente – e o que ele disse foi ainda pior:

"Eu pedi um prato e não um pires."

Meu corpo desceu uns milímetros na cadeira. Naqueles segundos, quis sumir.

Levou tempo até que eu pudesse maturar minha compreensão do episódio desagradável. Há quem passe a vida atrás de ilustração, alcançando décadas de estudo e uma coleção de livros que não rendem parcas linhas de sabedoria na existência. Ele quis marcar uma inadequação que supunha haver mais em mim que em meu livro ou teria se limitado às comparações entre as traduções. Mas escolheu me falar algo que fincasse seu sentimento ególatra em mim. Era tudo amorfo. Senti que minha vida ali seria difícil e que meu passo a passo de boa estudante parecia insuficiente. Havia outros códigos que valiam mais.

Não respondi nada e passei o resto da aula com uma bola de pingue-pongue seca e oca no meio da laringe. Enquanto afastava minhas cutículas até que afundassem o suficiente para deixar a base da minha unha sem pele assentada e com sangue aparente, a menina do cabelo molhado me passou um bilhete.

"Não sabia que a aula era de culinária!"

O recado me distraiu um pouco e respondi com um meio sorriso, mas o fosso dos meus pensamentos ruins estava aberto.

A aula acabou. A menina, Fernanda, se apresentou e perguntou meu nome.

"Jordana, muito prazer."

Eu ainda estava desconfortável com a situação. Ela percebeu e disse para eu não ligar para o Albernaz.

A garota contou que era a segunda vez que fazia a matéria e que reprovou por faltas no semestre anterior, mas que não ligava: "Meu curso principal é Direito numa faculdade particular", comentou. Ela tentou me acalmar dizendo estar acostumada com a soberba dele, informação que me deixou tensa. Percebi que o cabelo dela já estava seco, a manhã tinha passado e ela me convidou para almoçar em sua casa: "Vamos comer lá em casa e eu te conto mais da matéria, é aqui pertinho". Dispensei o convite com a desculpa de já ter combinado encontrar uma amiga e saí da sala.

Eu não tinha combinado nada, nem conseguia pensar em comer. O estômago vazio não encontrava espaço para manifestar fome no embate com a cabeça cheia. A expectativa pela primeira aula tinha aura dourada nos meus sonhos açucarados de estudante que triunfa, o que aumentou o impacto. Ele queria um prato, eu tinha um pires, mas eu também queria um prato e também sabia que no pires cabia muita coisa.

Vaguei pelos corredores sem motivo, subi as escadas e entrei no primeiro banheiro que vi na parte superior do Minhocão. Entrei no box para ficar sozinha e não percebi que a garota da chapinha também estava lá retocando o brilho labial em frente ao espelho. Forrei a tampa do vaso sanitário com uns pedaços de papel higiênico que guardei na mochila – todo mundo avisava que os banheiros da UnB nunca tinham papel – e me sentei. Não queria chorar pelo que aconteceu na aula, por um professor babaca qualquer, mas as lágrimas vieram para lubrificar a bola de pingue-pongue entalada na garganta e respirei fundo quando senti que ela desceu junto. O alívio foi sonoro e acho que solucei. Saí do banheiro, não queria demorar ali, já que o lugar estava ficando cada vez mais cheio. Ao fazê-lo, dei de cara com a garota do ônibus, que me perguntou o motivo do choro. A intromissão me irritou, falei que não era nada e obtive uma resposta impaciente como as muitas que ouvi dela dali para a frente.

"Nada não rende lágrima! Meu nome é Renata, e o seu?"

Ela ainda falava quando me abraçou. Meus cílios úmidos tocaram em seus cabelos secos e soltos com cheiro artificial, mas bom, de spray fixador. Ela me disse: "Passe esse brilho e vamos comigo pro RU!"

A segui ouvindo-a falar depressa sobre sua vida, seu curso de contabilidade, os bicos que fazia para manter os gastos com os estudos e para ajudar a mãe. Ela parecia ter a mesma idade que eu, mas já estava na metade da graduação. Então, Renata não era cotista? Não. Eu, sim, primeiro vestibular com cotas raciais. Albernaz estava afiado com essa novidade ali no meio do seu intocado rincão, devia ser isso. Pensamentos espalhados me ocorriam enquanto Renata me contava sobre o bico que fez numa loja de maquiagem durante o recesso, onde havia ganhado várias coisas. "Olha só, a base deixa a gente meio cinza, mas é só misturar com um pó mais escuro que melhora." Ela brilhava não só por conta do líquido incolor e pegajoso que depositava sobre os lábios, mas pelos inúmeros pontos cristalinos que destacavam sua íris das demais. Gostei de ter ido almoçar com ela, em vez de com Fernanda. Eu e Renata compartilhávamos os pires que nos serviram por uma longa jornada. O prato do professor era a *Odisseia*.

Antes de Rita seguir o curso de suas águas, houve uma vida. Quase todos os dias, ela subia aperreada as escadarias da igreja para atravessar a praça e chegar à estação com o almoço de seu pai ainda quente. A matula era carregada com distração. Rita sempre foi de pensar, de olhar para dentro e para o mundo, e isso resultava em reprimenda. "Nossa família não se atrasa, está ouvindo, Rita?", dizia seu pai na palestra conhecida e que jamais poderia ser interrompida.

Os esforços do pai e da mãe tinham um querer específico que deixava pouco espaço para Rita ser quem era. Sua pele amendoada contrastava com os lábios carnosos cor de casca de jatobá e os cabelos grossos como os retorcidos ramos do caule da gameleira. Contra os lábios, pouco poderia ser feito, mas os cabelos tinham jeito, e sua mãe dedicava-se a isso. Todos os dias, Rita besuntava os fios com a pomada que a mãe comprava na botica. O milagre do alisamento prometido deixava um rastro oleico que ignorava o lenço de crepe amarrado na cabeça. O vestígio untuoso escorria por seu pescoço, levando-a a pensar no desvio que Deus cometeu quando a mandou para o mundo, como sempre repetia Isabel. A afirmação da mãe ficava em sua cabeça, mas parecia escorregar com aquela gordura toda. Rita conseguia livrar-se da ideia flébil, sempre foi opiniosa.

Um dos desgostos de Isabel era o cabelo de sua filha ter sucumbido à sina que o dela escapou. A mulher gostava de dizer, triunfante, que seu cabelo ruim fugiu no lombo do cavalo do pai tropeiro que ela não conheceu. Como poderia Rita, com pai branco e estrangeiro, ter nascido com aqueles fios que teimavam para cima? A natureza armava-se contra as projeções que Isabel fazia para a menina: ser uma professora do grupo escolar, casada com algum dos doutores que frequentavam o centro espírita.

Mas ela não era mulher de aceitar. "Você é bem-afeiçoada, Rita. A crina a gente doma!", dizia Isabel quando passava o ferro quente nos fios amolecidos dela e nos fios em riste de Rita. "O de Iranzinho era mole igualzinho ao do Manel" era outra ladainha da mulher quando praguejava a pomada cara, que não comia a ruindade dos cabelos da filha que Deus deixou que ficasse com ela.

Rita frequentou o grupo escolar da cidade, era moça feita e de valor, havia glória na família e ela precisava seguir no mesmo curso. Seu pai, Manoel, foi parar naquele canto do mundo vindo de navio e seguindo as notícias de êxito dos italianos que migraram para aquelas bandas. Já Isabel cresceu ali mesmo na fazenda Beira da Mata antes de ela ser arrendada. Isabel gostava de dizer que sua carinha amoleceu o coração de dona Ritinha, herdeira das terras que deram origem à cidade.

Por caridade, ela criou Isabel como se fosse da família, lhe ensinou as primeiras letras e tudo o mais sobre o mundo em que vivemos e o mundo em que ainda vamos viver, como Isabel gostava sempre de repetir. Já sobre a mulher que a pariu, nada era dito – a negrura de Jacinta enturvava ainda mais o que lhe contavam sobre ela. O passado que não fazia sentido não precisava de movimento no presente, era assim que Isabel pensava.

Até que um dia a bifurcação do rio se mostrou para Rita. Mãe Matila soube que não poderia mais fingir desconhecer o fundamento da menina que viu crescer de longe. Ao cruzar com a moça na estação, lhe chamou de "menina de Jacinta". Rita se desconcertou com a alcunha e mais ainda com o olhar de sereno gotejado da mulher: frio à primeira vista, mas que logo se deixava levar pelo calor para se tornar manhã de cristal. Rita quis mostrar que sabia algo, sim, o cabelo era parecido, a mãe sempre dizia. Mãe Matila balançou a cabeça com paciente desaprovação dizendo que Isabel não falava o que era importante contar. Naquele dia, Rita avistou a fenda em que sua mãe escondia o que era oportuno esconder.

Mãe Matila, considerada pessoa de crendices, mulher primitiva usada como exemplo de baixo espiritismo pelo presidente do centro que sua família frequentava, poderia ajudar Rita a entender o sentimento sestro que não arredava pé de dentro dela desde o tempo em que dona Corália mandava que ela servisse a merenda aos seus colegas do grupo escolar enquanto todos permaneciam sentados. Rita destoava de sua mãe e pai em quase tudo, era ferrugem no meio daquela promessa de vida untuosa. A comunicação com mãe Matila lhe fez perceber que se desvencilhar do curso de vida da mãe era o único jeito de ser quem sentia que era. Rita decidiu que vingaria na vida.

III

No caminho para o restaurante universitário, pensei em meu pai. Ele repetiu tanto que, se eu vingasse na UnB, poderia ter tudo o que ele não pôde ter e me dei conta do entranhamento de sua voz em minha mente. Acreditava que, para cultivar minhas próprias impressões, era suficiente me opor às dele que me pareciam artificiosas e imperativas. Mas o falatório de Renata me capturou do mergulho na memória que poderia ir longe.

"Você precisa ir atrás do seu desconto no RU."

Essa foi a primeira das muitas informações práticas que ela me deu quando chegamos ao restaurante universitário lotado. Eu ainda não tinha entrado ali, mas tinha ouvido falar muito dele no tempo do cursinho. Sempre havia uma história que aconteceu com alguém naquele lugar imenso e vivo. Disse à minha nova colega que já tinha ouvido falar no desconto, mas que não sabia como consegui-lo. "Na reitoria. Eu conheço a assistente social que mexe com essa parte." Renata anotou um nome, Glenda, e uma sigla, num post-it laranja, e me deu.

Guardei a informação na minha carteira roxa desgastada da Company, o velcro sem aderência denunciava o tempo que a possuía. Fiquei meio envergonhada pela situação do objeto e pelo olhar de Renata ao vê-lo. O cheiro do restaurante estava em todo metro cúbico de ar do lugar de pé-direito alto, paredes de concreto cinza-esfumaçado e enormes janelas que traziam todo o verde exterior para dentro. O odor remetia a algo familiar que eu não gostava e percebi que, na verdade, era um sabor. Antes que eu tivesse mais tempo para conjecturar sobre o cheiro enquanto ouvia Renata falar tudo o que eu deveria fazer, li o menu do prato do dia: costela com agrião.

"O cheiro é de agrião, então", disse em voz alta sem querer.

"Se você não gostar, é só não pegar."

Vimos que duas garotas de jaleco branco, com uma serpente verde enrolada em um bastão bordada em um dos bolsos, chegaram perto do guichê para ler o cardápio e fizeram um ruidoso som de reprovação, viraram as costas e foram em direção à saída. Renata e eu nos entreolhamos. A opção para elas era o único jeito para nós. Compreendi que minha nova colega conhecia as informações práticas da universidade e da ordem do dia de nossa vida de poucos recursos e cultivo do inteligente senso de oportunidade para se virar: *Se você não gostar, é só não pegar*, repeti mentalmente com a impressão de que ela fazia o mesmo.

Renata estava muito satisfeita no papel de cicerone e prosseguiu com as instruções: "Você serve tudo o que quiser sozinha, menos a carne. E pegue o prato de baixo, devem ter falado muito em cima desse aí".

Eu quis fazer uma piada como as que fazíamos no cursinho e disse sorrindo: "Está quente, não ligo. Os germes já devem ter morrido com o calor".

A resposta dela me surpreendeu: "Coma cuspe quente, então!"

A fala rude se misturou com o bafo de agrião derretido pelo cozimento lento e alastrado pela ventilação do restaurante. Mas segurei a chateação, afinal, ela me dava informações importantes sobre a universidade. *Se você não gostar, é só não pegar.*

Nos servimos em silêncio e Renata sugeriu que nos sentássemos perto da janela, explicando que o cheiro do agrião ficava mais ameno lá. Concordei. Esse foi nosso primeiro morde e assopra. Renata sempre agiria com grosseria e recuaria com medida delicadeza, principalmente se estivéssemos sozinhas. Apesar dos atritos, eu queria ser sua amiga, ela me atraía. Renata me disse que morava na Ceilândia, explicou que tinha pegado o 349 por estar na casa de uma amiga na QNL e perguntou onde eu morava, já que não tinha me visto subir na condução. Quando ouviu a resposta, "Taguatinga Sul", parou o movimento do garfo que direcionava à boca e disse:

"Taguá Sul tem shopping e metrô."

Sem pensar, emendei: "E biblioteca pública. Meu pai sempre lembra dessa parte". Ele ali nas minhas palavras outra vez.

"Pai, biblioteca, hum... E você, lembra de qual parte?"

Não lhe respondi, talvez eu nem soubesse como fazê-lo. Fiquei envergonhada pela dependência que eu me esforçava para não ter. Anos depois, entendi que a provocação, para Renata, era sua forma de estar à frente, testar situações e ver o que abalava as pessoas. As impressões do meu pai eram o vapor do agrião que saía da pressão, impregnava em todos e muito mais em mim.

Me senti descoberta e limitada. Entre uma garfada e outra na costela que ela temperou com o molho de pimenta retirado da mochila, prosseguiu: "Se você não gostar, é só não pegar".

Será que ela se referia ao meu pai? Não o pegar, deixá-lo de lado? Como ela saberia? Renata parecia se antecipar às situações, de uma forma mais útil que a minha. Ela não antecipava seus passos intencionando caber onde precisasse. Ao contrário, parecia tensionar sempre para saber antes e fazer bom uso das fragilidades alheias. Ao perceber meu desconforto, emendou sem esperar que eu dissesse algo: "Falo do choro no banheiro. Não pegue o que não gosta e siga".

O mormaço, que saía da mangueira que um funcionário usava para limpar os pratos empilhados, ultrapassava cerca de cinco mesas e chegava até nós. A janela era inútil para contê-lo. Um ar de mal-estar abafado, úmido e desconcertante lutava com minha garganta entalada pelas securas não verbalizadas. Disparei: "Foi um professor. Reclamou do meu livro, falou que era ruim". Depois tentei justificar minha fraqueza dizendo que nunca mais choraria por isso. Renata disse que era melhor porque nosso choro é o motor dos babacas e sentenciou: "Esse cara não está sozinho, Jordana".

Tinha mais? É óbvio que tinha mais. Eu não era ingênua a esse ponto, já tinha andado o suficiente para reconhecer a névoa das pessoas. O problema é que eu acreditava ter uma fórmula para sublimá-la, mas era uma receita infantil que passou a desandar a partir dali. Renata continuou: "Você tem sorte! Eu tive de aprender a dobrar esses babacas sozinha, sem pai, sem biblioteca...".

Desniveladas e juntas. Iguais sem compasso. Renata tinha muito mais que a habilidade que fui ensinada a dominar, mas que não era nada além de uma facilidade em ser modelada. Reconheci minha tolice presunçosa por meio da agudeza de um ser pequeno e cortante. "Tenho aula até às seis, por que não voltamos juntas hoje? Vou pela rodoviária", disse Renata, cruzando os talheres em cima do prato. Concordei mesmo sabendo que gastaria uma passagem a mais, um excesso comedido no meu orçamento estreito e regrado, mas sentia que tinha mais a ganhar com ela. Me achei sortuda. Era só meu primeiro dia e alguém mais velha e interessada em não ser mais uma pessoa perdida no meio de todo mundo demonstrava querer estar comigo.

Renata explicou que precisava ir à rodoviária para trocar a resistência da chapinha com um primo que trabalhava lá. Imaginei que ela tivesse levado o objeto por hábito e disse pensar que ela o carregasse sempre. Ela afirmou: "Pra todo lado!" Cintilante. Ela era cintilante. Senti que precisaria olhar para cima para perceber suas centelhas, que ofuscavam minha aura módica e esforçada. Mas ela tinha mais, sim, havia mais, e eu não demoraria a conhecer sua névoa.

As águas que levaram Iranzinho apagaram também as fagulhas que caracterizaram Isabel em toda a sua vida. Desde cedo, ela aprendeu a agradar para ser, e simplesmente não sabia quando a invenção se transformou em tudo o que conhecia como seu. Dona Ritinha, sua mãe de criação, lhe ensinou a tocar piano e gostava de compará-la às teclas de marfim do instrumento, não só pelo tom de sua tez, mas também por Isabel ser uma nota natural, sofisticada porque simples. Ela gostava dos elogios costumeiros e sempre queria mais, aprendendo a escamotear as ressalvas inerentes a eles: "Isabel não é minha filha, mas é como se fosse". "Apesar de tudo, Bezinha é inteligente."

Crescer sustentada nas beiras de um afeto que a considerava inferior parecia ser suficiente para alguém com sua origem, até que encontrou Manoel. Com ele, julgou conhecer o esplendor da aceitação sem distinções. Um marido estrangeiro e de pele correta encerraria de uma vez por todas as comparações com um passado que para ela nem existiu. Se Deus quis que assim fosse, assim seria. Isabel era quase uma Leal, sempre sentiu ou acreditou que era isso que deveria ser.

Um casamento adequado, uma casa e dois filhos fechavam a conta da matemática perfeita que estava presente até no trabalho do marido, um contador na estação de trem. Isabel era respeitável e continuou sua inserção no convívio com os Leal, principalmente quando perdeu Iranzinho para o maldito rio. Era de conhecimento da cidade que dr. Porfírio, irmão mais velho de dona Ritinha, promovia reuniões de estudo do espiritismo na sede da fazenda. Manoel já tinha ouvido falar sobre essas adivinhações ainda em Viseu, mas não permitia que sua mulher comungasse desse tipo de ambiente, fossem os Leal quem fossem. Isabel sabia que agradar o marido era sua maior obrigação e não houve embate quanto a isso. Mas a conta nunca mais quis fechar sem Iranzinho, então as cartas no centro surgiram como faíscas numa vida sem um porquê. As mensagens eram seu filho presente, seu marfim de volta. Manoel cedeu às objeções diante da dor e da saudade do pequeno, a crença o confortava.

A procura pelas cartas de Iranzinho levou a família a um novo ciclo vivencial, apesar de Isabel jamais ter voltado à felicidade sentida quando a conta era perfeita. Seu habilidoso costume às ressalvas a ajudou a seguir com sua incessante busca pela manutenção da respeitabilidade que lutou para alcançar desde que veio ao mundo. E havia Rita, sua filha, um tom a mais na tecla de marfim do piano, voltas a mais nos fios descontínuos de cabelo, mas ainda bela e sua. Levá-la consigo se transformou em uma necessidade quando a garota começou a psicografar cartas durante uma sessão no centro. Aquilo surgiu como uma dádiva para a família, um sinal de glória para a filha e um farol para os sonhos de Isabel, que obrigavam Rita a aceitar a invenção de futuro da mãe como sendo sua também.

Em dia de sessão, Isabel usava meias pele de ovo, sapatos pretos de saltos grossos médios e fivela dourada apertando, sem necessidade, o dorso dos pés finos e amendoados. Dona Isabel, com sua tensa elegância, fazia recomendações incessantes à filha para não fazer corpo mole na prédica. Era importante auxiliar o dr. Porfírio junto aos demais médiuns mostrando sua dedicação a Deus, à doutrina e aos espíritos. E mais importante ainda era estar presente para o caso de Iranzinho aparecer.

Durante as sessões havia os pedidos, sempre havia. Rita os ouvia mesmo que nenhum lábio das pessoas que ladeavam a mesa se movesse. "Avise a ele da sabotagem." "Diga que necessito de muitas preces." "Vago há 50 anos…" "Meus filhinhos, preciso vê-los, onde estão meus filhinhos?" Sua cabeça ia emborcando de maneira lenta até que o queixo se colava ao colo de ossos sobressalentes. O ar do salão a tonteava, a cabeça rodava, e Rita tinha a impressão de que o óleo escorria em sua testa mesmo nos dias em que não usava a pomada nos cabelos. Quando levava os dedos à fronte, eles voltaram secos. Ela se agarrava ao lápis preto para parar de girar e espetava o papel até que as palavras grafadas escorressem de seus dedos para a lauda. Ela se sentia cativa não dos espíritos, mas da mãe. Os anos de sua mocidade foram assim até o dia em que ouviu mãe Matila lhe dizer que Isabel não lhe falava o que importava. Como Rita não nasceu para agradar, sentia que seguir o plano acachapante da mãe seria se transformar nas vozes sem lábios das cartas, uma espécie viva de morte. Rita queria saber o que importava.

IV

Às seis e meia vemos o auge da movimentação na rodoviária. Centenas de pernas fatigadas pela maratona compulsória disputam o espaço quase obrigatório para quem quer sair do Plano. A regra de se deslocar a partir de uma cruz sempre me intrigou. Quem pensou nisso esticou nosso cansaço por mais algumas horas. O Plano não tinha fim. Eu e Renata nos despedimos e cada uma seguiu para um veículo diferente. Renata foi para o terminal do seu ônibus e eu segui para o trem. Apesar de estar sempre com a lotação máxima naquele horário, o metrô encurtava o tempo que eu levava para chegar a Taguatinga, o que é uma vantagem no meio do caos que quer exaurir o trabalhador. Mas essa era outra opinião do meu pai atravessando meus pensamentos com a mesma velocidade em que os trilhos avançavam sob o Eixão. Meu pai novamente. Sua permanência na ausência me cansava, mas seria assim enquanto o visse como meu pai e não como um homem. Seguiria exausta dessa invisível intromissão por anos.

Ali em pé, segurando a barra metálica fria que não me deixava vulnerável aos solavancos do vagão em movimento, imaginei meu pai pedindo a palavra na reunião e contando sobre minha aprovação no vestibular aos companheiros do partido. Uma faísca de orgulho pareceu me atravessar, mas era só o atrito do trem com o trilho e nada mais. Eu me sentia abarrotada como o metrô, mas das expectativas dele, que eu sempre precisava alcançar e superar, alcançar e superar. Nos degraus da escadaria fincada na terra de meu pai não existiam atalhos. Eu tive tudo o que ele não teve: uma referência masculina, escola, comida, mãe, infância. Eu tinha que subir alto, não é mesmo? Eu tinha que ser, tinha que ser. Mas e ele, o que era de verdade?

Esses pensamentos incontornáveis potencializavam minha tendência à melancolia, o que me levava a me manter obstinadamente ocupada. A primeira semana, todas as disciplinas, as leituras, o prato, o pires, a vida nova. Eu não pretendia ter tempo para me entristecer, decidi no caminho da estação Taguatinga Sul até minha casa. Abri a porta e ouvi a voz do meu pai reclamando do macarrão que minha mãe tinha preparado para o jantar. "Comida de preguiçosa!" Ao me ver, ele veio estridente dizendo que queria saber sobre o primeiro dia e conversar comigo depois que voltasse da sede, agora tinha que sair. Aquela foi minha primeira sorte da noite. Eu precisava de um tempo, havia muito o que assentar, e me recolhi cedo sem tentar entender por que minha mãe preparou macarrão à noite. Aquilo era incomum e ia contra seu brio de dona de casa incorrigível. Mas eu estava cansada de tudo nos dois.

Os primeiros momentos da vida que seria só minha e para mim são uma memória tão nítida quanto uma pode ser. A vibração interna e a expetativa externa pelo novo cotidiano estavam ali se misturando aos aprendizados iniciais. Os dias corriam comigo em seus braços e eu me sentia conduzida, mas no comando. Não demorou muito até que o concreto cor de folha seca dos prédios, as copas das árvores que envolvem o cimento no horizonte e o extenso gramado ressequido que ligava os departamentos e institutos parassem de prender minha atenção como elementos inéditos do meu novo cenário. As disciplinas não eram impossíveis, pude perceber sem grande esforço. Apesar da encenação empostada de professores como o Albernaz, ler à exaustão e representar o papel de boa estudante não parecia muito difícil para mim naqueles dias. Mas logo haveria mais, sempre tem.

O caminho entre o restaurante universitário e a reitoria foi ganhando detalhes que eu gostava de pensar serem só meus. A casinha de joão-de-barro na árvore de tronco largo escolhida como meu lugar preferido para ler e a quase apagada frase "Deus está morto" na parede lateral da biblioteca estavam sempre ali, assim como eu. As estantes eram meu melhor refúgio. Ali, meu silêncio imposto pela timidez fazia sentido. Sempre que havia um horário vazio entre uma disciplina e outra, eu seguia para a vastidão de mundos em brochuras e ficava satisfeita com minha nova vida. No semestre anterior, eu passava as tardes registrando pacotes de arroz e pesando quilos de acém moído na mercearia do seu Macéa. A caixa registradora era dura e eu sabia diferenciar bem os pesos da vida.

Na biblioteca, gostava de experimentar mesas diferentes. Eu poderia seguir à direita, à esquerda, para cima, para baixo ou me manter no térreo que sempre haveria um canto de universo ao dispor da minha exploração. Munida das xerox e dos livros que eu pegava emprestado, passava horas lendo e tentando decifrar linguagens ainda pouco familiares, mas também gostava de olhar para o nada distraída com os pássaros que faziam voos rasantes próximos ao telhado e rasgavam suas asas nas janelas imensas. Quando a concentração era levada pelas pequenas aves que pairavam dentro e fora de mim, recorria a um café preto sem açúcar na lanchonete que ficava no subsolo, e foi lá que o vi.

Sentei para beber meu café no copo americano distraída pelas imagens da TV de tubo que ficava acima do freezer e pela música que ouvia em meus fones de ouvido. Então notei que um cara entrou e começou a conversar bastante com a senhora que trabalhava no balcão. Gostei da atenção que ele demonstrava ao cotidiano da mulher, que lhe contava animada que sua menina mais nova tinha sido fichada numa loja do shopping. Ele com certeza era estudante, mas conversava como um dos senhores que jogavam dominó na Praça do DI, estendendo as sílabas pronunciadas e sem pressa para mudar de ambiente. Seus gestos me capturaram de uma forma que era impossível olhar para qualquer outra cena concorrente. Comecei um escrutínio mental instantâneo na tentativa de rastrear tudo o que as escolhas dele pudessem me revelar. Supus que praticasse esportes porque tinha os braços bem definidos, mas não era musculoso. Além disso, usava tênis e bermudas de jogador de basquete. Apostei que era veterano pela intimidade com que tratava a senhora atendente e pelo domínio que tinha de todo o ambiente. Por fim, concluí que ele era desenrolado demais para ser um garoto de voo raso do Plano Piloto. Estava segura no meu banquinho como observadora até que ele se virou e procurou um lugar onde sentar para comer seu lanche.

"Posso ficar aqui?", disse ele, olhando para mim.

"Pode", foi tudo que saiu da minha boca fechada fazia horas.

Ele se sentou com as pernas abertas, *mais à vontade só em sua casa*, pensei. Começou a beber o café e, logo na primeira mordida no salgado, me fez uma recomendação:

"Esse é o melhor lanche desta universidade. Salgado de banana com queijo e café, é sério."

Retirei os fones e concordei com a cabeça sem conseguir pronunciar uma palavra que fosse. Queria sumir e queria ficar mais. Olhei suas mãos e pensei que eram os dedos mais originais que minha coleção secreta de mãos já tinha visto. Eram grandes, graves e arredondados de um jeito hiperbólico. Tive vontade de que ele me segurasse imediatamente. Que tipo de toque ele teria?

"O que você tá ouvindo aí, guria?", disse ele apontando para o bolsinho pequeno da minha mochila, que estava displicentemente aberto em cima do banco ao lado e onde eu tentava guardar os fones.

"Ah, nada..."

"Pode me mostrar?", insistiu o garoto, que tinha a pele tostada pelo sol e pelo sereno.

Enquanto eu arrumava sem jeito minha postura no banco, ele foi pegando o meu velho *discman* da mochila e levando os fones aos ouvidos. Ele caiu direto em "Crazy in Love". Antes que eu ficasse vermelha, o garoto começou a fazer uma dancinha boba com a cabeça no ritmo da introdução apoteótica.

"Essa é boa demais", disse ele, soltando o aparelho.

"Eu sei, ela é maravilhosa!"

"A Beyoncé ou a música?", perguntou o suposto senhor do dominó, jogador de basquete e encantado por musas.

"E dá pra escolher?"

Minhas palavras o fizeram rir e eu gostei da sensação. Fiquei menos nervosa, mas não menos curiosa. Tudo nele me interessava.

"Tu é massa! Meu nome é Miguel, e o seu?"

"Jordana."

"A gente se vê, sempre te vejo por aqui à tarde", disse Miguel enquanto se levantava do banco e pegava sua comanda molhada com o café que ele deixou derramar quando pegou meu *discman*. Antes que me despedisse, fui surpreendida por um beijo estalado no rosto.

O primeiro contato com Miguel foi uma síntese da imprevisibilidade inteligente que o caracteriza. Miguel está presente, mas escapa. Enquanto o via passar pela catraca, pensei na virada repentina de humor que ele havia me causado. Agradeci internamente pelo feito. Pensei que eu não precisava me cercar de todas as certezas antes de alçar meus planejados voos. Às vezes, as asas só querem o impulso de uma música que imponha movimento e nada mais.

    Tentei estudar até o horário do ônibus que iria direto para Taguatinga, assim economizaria uma passagem, mas foi um esforço inútil. Segui para a parada atrás da biblioteca e fiquei repassando nossa conversa. Ele já tinha me visto por aí. E eu, onde estava que não o vi? Com a cabeça baixa olhando para o chão ou para os livros, escrevendo e escondendo as palavras, certamente. Subi no ônibus, sentei e acomodei a mochila no colo. Antes de sair da universidade, o motorista parou na Ala Sul do Minhocão e vi Renata de braços abertos andando em direção a alguém. Meus olhos caminharam milímetros à frente e viram Miguel a encontrando. Eles se beijaram na boca.

Ao virar à direita das ruas dos casarões e avistar o coreto, Rita viu Jonas pela primeira vez. Lá estava aquele homem carregando um objeto pendurado no lado esquerdo das costas. O que seria? A moça que seguia em direção à estação para levar a matula de seu pai ainda estava longe para identificar o que era, mas perto o bastante para observar os gestos orquestrais daquele rapaz que trajava roupas inteiramente brancas destacando sua sólida cor escura. Enquanto Rita não podia olhar outra coisa que não fosse ele, mãe Matila desceu os degraus do coreto e se colocou ao lado do rapaz. A curiosidade da moça ficou ainda mais atiçada por saber da existência de uma ligação entre os dois. Quando se deu conta de suas pernas, já ia em direção a eles. Mãe Matila avistou a menina de Jacinta, sua grande amiga da época da Beira da Mata, se aprochegando e fez um gesto acolhedor pedindo que a moça ficasse ao seu lado. Seu menino, que havia acabado de chegar de viagem, foi apresentado a Rita. Ele tirou o chapéu para a moça com um jeito bem temperado e lhe disse o nome. Rita permaneceu calada, olhando para os dois e estranhando se sentir tão à vontade ali, acompanhando-os no meio da praça. A qualquer momento, alguém do centro poderia vê-la, contar aos seus pais, e seria difícil explicar a sensação que a impelia para perto de mãe Matila principalmente. Dona Isabel jamais permitiria que a filha estivesse a ter palestras com pessoas primitivas, como enchia a boca para dizer.

Rita lhe disse seu nome e percebeu que o rapaz carregava no ombro um estojo para levar instrumentos, o que dava a impressão de que seu tronco entortava para o lado esquerdo. Ela estava do lado direito dele e o desnível entre seus ombros só escancarava a altura de Jonas. Perto de mãe Matila, ele não destoava tanto, já que mesmo a idade avançada não encurvava a senhora alongada e inteiramente rija. A tranquilidade nos gestos de mãe e filho deixou Rita com vontade de tê-los para si e perto de si.

A moça não era de desistir, queria saber o que era importante saber e que sua mãe escondia. Fez a pergunta à mãe Matila mais uma vez naquela tarde. Como resposta, ouviu que saberia quando fosse de saber. Dona Matila olhou para o filho e para Rita lado a lado e os abençoou em seu coração, trovão e raio, ela intuiu. No mesmo momento, Rita sentiu a benção, mas pensou ser só o calor dos olhos de Jonas que se concentraram nela de uma forma que a deixou sem jeito, mas não insegura. Jonas tinha o gestual de dono do mundo que empurrava para longe dela o sentimento de inadequação que foi levada a internalizar como parte dos sacrifícios que a vida lhe impôs ao nascer. Ele era vigoroso. Rita soube que um sorriso anódino em concordância não seria por ele cogitado, tampouco o controle do tom de sua voz para agradar quem quer que fosse. Jonas era maciço como o tronco do jatobá. Era bonito ver alguém inteiro.

O primeiro encontro, abençoado por mãe Matila, foi só o sopro inicial que os uniu. Rita ventou em direção ao que intuía fazer sentido ao aceitar o pedido de cortejo de Jonas, que quis ter com dona Isabel e seu Manoel a fim de pedir-lhes permissão para o intento. Prevendo a discordância dos pais, Rita disse que ainda não o fizesse. Por que não conversavam na gameleira próxima ao lado da ponte que dá para a cidade, um quarto de hora para o fim da manhã? E assim foi. Muitos anos se passaram sem que Rita conseguisse esquecer a sensação de ser por si e para si nos dias iniciais em que ela e Jonas tornaram-se calidez. Havia uma luz quente nos encontros ao meio-dia que poderia ser sol a pino ou só o amor. Rita logo seria...

V

Aquele raio!

Ele separou meu pensamento em duas partes. A primeira revisitava a conversa com Miguel e o interesse premente. A segunda ia até Renata e recapitulava nosso encontro no primeiro dia. Por que ela não mencionou um namorado? E Miguel? E por que eu estava gastando tanto tempo pensando em um cara que vi por quinze minutos? Me peguei imaginando que, se eu fosse namorada dele, contaria para todos. Mas eu não era. Como se não houvesse outra opção para minha razão, me comparei a Renata e virei cinza de fim de incenso, quebradiça e pulverizada.

O dia não poderia ter sido pior. Na época, as experiências tinham proporções enormes para mim e era inevitável catalisar o que havia de pior em todas elas na minha cabeça. Sem que eu tentasse me proteger do impacto das comparações na minha autopercepção, minha mente chegava a um lugar estático em que eu era pouco ou nada. A panela de pressão chiava enquanto minha mãe observava o pino vermelho que tinha emborcado para facilitar o processo. Era uma mulher que vivia para ajudar.

"Boa noite, minha filha", disse com sua voz baixa.

Dei-lhe um beijo no rosto, falei que estava tudo bem e que tomaria um banho antes do jantar. Segui para meu quarto, joguei a mochila no chão e me deitei, sem trocar de roupa, na minha cama de lençóis estirados ao limite. O excesso de tensão no tecido com cheiro de amaciante azul era resultado do capricho de minha mãe. Não havia possibilidade de eu não fazer minha cama ao me levantar, mas ela sempre voltava ali para deixar sua marca no arranjo doméstico. O cheiro de cama asseada sempre me reconfortou. Bastava fechar os olhos para sentir o aroma dos tecidos úmidos e limpos quarando, num dos quintais das casas em que minha mãe trabalhava, e eu seria criança outra vez. Meus pés tortos corriam desviando dos esvoaçantes lençóis alvos até encontrar suas pernas e meus braços as contornarem, enquanto minha cabeça encostava em seu ventre gelado pelo atrito com o tanque. Não me importava com a fileira de pregadores de madeira dependurados em sua camiseta surrada, gostava de olhar para cima e ver o quanto ela era grande, completa e minha mãe. Mas a lembrança de seu tamanho estava cada vez mais distante. Meu pai voltou para nos salvar de onde nos deixou, ela se resignou e se diminuiu.

O aperto constante no peito me fez desejar ficar quieta, mas o som da chave tetra girando na porta da sala anunciou que não seria possível. Meu pai chegou, foi em direção ao banheiro lavar as mãos e minha mãe começou a pôr a mesa.

"Jordana não te ajuda mais, não?", ouvi meu pai dizer a ela numa altura de voz que eu poderia ouvir de qualquer lugar da casa.

"Claro que sim, é que ela acabou de chegar da aula."

A defesa dela estava ali e me senti bem por isso.

Respirei fundo e fui em direção à cozinha para ajudá-la com os afazeres.

Ele na cabeceira do retângulo de fórmica, que se transformava em um quadrado caso quiséssemos, eu e mamãe frente a frente. Duas colheradas no jantar e meu pai começou:

"Já conheceu alguém do grupo que o Leite falou?"

"Estou me dedicando às disciplinas", respondi encarando meu prato.

"E eles se dedicaram para você estudar lá. Tenha responsabilidade coletiva, Jordana", disse meu pai com suas palavras artificiosas de ocasião, tocando exatamente na minha ferida.

"Responsabilidade com os estudos pra você não conta?", retruquei.

"'Senhor', Jordana, seu pai pra você é 'senhor'. Eu, por acaso, joguei bolinha de gude contigo?"

"Vamos jantar em paz", interveio minha mãe.

Comemos mais um pouco em silêncio. Meu pai moderou a entonação e continuou:

"Esse pessoal que o Leite comentou é tudo estudante articulado, não é daqueles filhinhos de papai, não", disse enquanto colocava bastante molho de pimenta na sopa.

"Articulados no partido, o senhor quer dizer?", alfinetei.

"Nunca vi um por lá. Mas e se fossem, Jordana?", respondeu meu pai com a voz tendendo para o alto novamente.

Dei de ombros. O Sr. Marco sabe brigar. Sempre dizia que uma vez o acusaram de roubar um ovo cozido da merenda de um colega que tinha prometido dividir o lanche com ele. Sair de ladrão não sairia. Agarrou o garoto pelos braços e disse que, se ele não desmentisse o caso na frente de todos, faria questão de comer todos os lanches dele dali em diante. O pai disse que não tinha a intenção de perseguir o menino ou bater nele, mas ali entendeu que, quando se ataca alguém, a chance de o outro recuar é muito maior que a de avançar no embate. Ele apostou e venceu. Nunca mais parou. Já eu...

"Estava muito bom. Serve mais, Fran", disse meu pai, fazendo minha mãe interromper seu jantar para ir ao fogão encher a cumbuca dele, e continuou:

"Faz é anos que só os filhos deles estudam lá. Fica esperta, filha, vai pra cima!"

Eu só queria ir para cima da minha cama. Quando ele começava, o falatório era sem fim. Eu não podia ser lerda assim, só estudar e não saber falar não adianta. Falar é instrumento de saber e de poder. Eu tinha que entender isso. Quando ele entrou no partido, nunca queriam dar a palavra para ele, aí ele foi lá e tomou o microfone. Se ele tinha ouvido para todos, que tivessem para ele também porque sua boca também falava. E eu que tinha tudo, era assim sonsa, só sabia ler, meu pai repetia, repetia, repetia.

"Você sabe que eu aprendi a me defender na marra e tive que procurar o pessoal sozinho."

Deixei que ele falasse e ofereci meus ouvidos, como de costume, mas não meu coração. Eu o amei tanto e ele me deixou apenas sua ausência quando quis. Então tive que aprender também na marra que ele estaria sempre em primeiro lugar na tal articulação, mas de sua própria vida.

Aprendi sozinha a me defender do amor pelo meu pai, mas só hoje tenho essa compreensão. Naqueles dias, nos jantares em que minha mãe servia e ele era servido, eu me punha distante da dinâmica sem espaço em meus pensamentos. Mais ainda, ia cada vez mais longe na tentativa de não ser o que ele queria que eu fosse porque isso servia para a vida do meu pai, a articulada, não para a minha. As marcas que ele deixou em mim, eu queria destruir.

"Eu estava numa festa no Quarentão e o Leite me viu dançando com o pessoal. Eu só queria impressionar a Fran. Ele veio com aquele papo e tal de o negro é lindo..."

Meu pai começou a rememorar a história de quando entrou para a articulação. Eu a conhecia de cor e salteado. Soube, por ele, dos detalhes da boate na Ceilândia onde aconteciam os bailes de música negra em que DJ's comandavam as pickups e a turma "dançava como dança um black", como Marco contava.

"Eu pensei comigo: que papo é esse desse negão?", disse meu pai rindo alto e estendendo os braços para pegar o jantar das mãos da minha mãe, que voltava da cozinha. "Você tem que ser esperta, como seu pai. Eu não tive um para pegar na minha mão e mostrar que eu era bom."

Aquilo tudo me comprimia e me afastar parecia ser a única saída viável. Meu pai estava ali quando queria estar. A única versão minha que o interessava era a que ele tinha inventado para si e que eu detestava com minhas forças de jovem em formação. Eu não tinha que ser nada só porque ele e os amigos achavam importante ser alguma coisa. Eles que fossem eles.

"Ninguém sabe o que o calado quer, Jordana!"

As palavras de meu pai me tiraram do fluxo dos meus pensamentos.

"Pensar sozinha é o que eu quero, me deixe em paz!", retruquei.

"Cada cabeça uma sentença, mas a sua é alvo. Você tem que lembrar", disse meu pai, apontando o dedo de pele ressecada pelos produtos químicos da oficina para seu braço, mostrando nossa cor.

Levantei da mesa para levar meu prato à pia e disse à minha mãe que voltaria para lavar a louça quando todos tivessem terminado. Ela percebeu que eu queria ficar sozinha e disse para deixar isso com ela.

A cobrança do meu pai é uma das memórias mais antigas que eu tenho. A primeira é de ser acordada por ele na casa da vizinha que cuidava de mim quando minha mãe ia fazer faxina em uma casa que não permitia que eu fosse junto. Ele havia deixado minha mãe e eu fui junto naquele despejo que sua juventude pedia, como lhe disse numa das brigas e que ela me contou anos depois. Marco era novo demais para ter mulher e filho assim, por isso ajudaria com dinheiro, promessa sem lastro, mas havia mulher mais esperta que ela para ele. E se foi. Nessa memória, ele me acorda e eu o abraço feliz por vê-lo depois de um tempo que poderia ser menor ou maior do que minha percepção de criança conseguia mensurar. Ele estava com o olhar aquoso, me beijou e partiu. Quando minha mãe veio me buscar, a vizinha contou que ele esteve lá e chorou ao me ver. Eu estava com a mania de me encolher e dormir em cima do baú de costura dela, segurando novelos de lã entre os dedos, e chorava intensamente caso ela tentasse me colocar no colchão. Marco não suportou a cena: sua filha dormindo em uma caixa de madeira? Ele precisava sair dali, mas eu fiquei. Meu pai não lembra que me encolhi e me calei naqueles primeiros dias da memória que tenho de quem sou? Agora eu precisava falar, me impor e ser como ele ainda mais. Naquele momento, a articulação o ovacionava por ter uma filha entre os primeiros cotistas da universidade? Que orgulho, Sr. Marco, que orgulho!

Tentei dormir pensando em meu pai, em Miguel, na Renata, em mamãe, em mim, até o sono me levar para longe. Eu precisava ser e isso me protegeria da ventania que vinha de dentro. O caminho do meu pai não me servia. A briga eterna me deixava encolhida no baú de madeira agarrada aos novelos de lã. Adormeci e sonhei com uma escultura de cabeça preta, talvez de concreto, talvez de madeira, que tinha olhos rasgados e boca branca. Ela estava deitada comigo e eu sentia que havia algo a ser dito, mas nada ouvi.

Levantei bem cedo, preparei meu café amargo, esquentei um pão adormecido na frigideira e segui meu longo caminho até a UnB. Era cedo e o céu consistente de Brasília invadia tudo no horizonte. Eu gostava da sensação que aquela espécie de bússola azul me trazia. Havia uma direção se eu olhasse para cima? Talvez. Tentei ler um artigo durante o trajeto no ônibus, mas a concentração fugia até o baú, até a cabeça do sonho, até os olhos molhados de meu pai, até o ventre úmido de mamãe, até o brilho de Renata, até a segurança de Miguel. Quando o ônibus já estava na pista que dá acesso à UnB um rapaz se levantou e sentou ao meu lado. Estava tão absorta que não identifiquei de onde ele veio.

"Você é caloura?", disse ele ao se sentar mais próximo de mim do que deveria. Seu joelho encostou no meu, o que me fez me encolher no canto do assento.

"Sou, por quê?", respondi e quis saber.

"Ah, nada, é que eu pego esse ônibus há sete semestres já", disse o rapaz, que era um pouco mais alto que eu e sofria escancaradamente com a acne.

Ainda sem entender o que ele queria e com a parada se aproximando, comecei a me levantar para descer e ele se afastou para que eu passasse. Foi quando ele disse se chamar Rodrigo e me entregou um texto que parecia ter sido bastante manuseado. Agradeci sem graça e desci com o papel nas mãos. Enquanto andava em direção à sala, li o título *Alisando nossos cabelos* e olhei para trás para conferir se ainda podia ver a cara do Rodrigo pela janela, já que o ônibus continuava parado. Sim, ele me olhava. O papel me deixou com raiva da intromissão dele. Que impertinente! O que ele queria dizer sobre meu cabelo? Quem era ele? Quis jogar o texto fora, mas o guardei na mochila entre os demais e só então vi que havia um panfleto divulgando um encontro de estudantes colado na última página do texto. Sequei os dedos na calça jeans antes de passar as mãos nos fios para ajeitá-los – a escovinha estava nova demais para estragar – e segui.

"Mês que entra, venha buscar sua encomenda, dona Isabel, haverá de ter mais da pomada dessa que a senhora botou o olho na Fon Fon."

Isabel se lembrou da recomendação de Joca da botica no mês anterior e seguiu em direção à praça para buscar seus produtos habituais: pomada para assentar os cabelos da filha e segurar o resultado alcançado com o ferro quente, emulsão Scott para prevenir fraqueza em Rita e solução Detefon para matar as baratas que insistiam em aparecer na despensa. Isabel aproveitou a saída mensal às compras para passar no comércio de secos e molhados e comprar azeite e bacalhau salgado para Manoel, e foi lá que ouviu uma conversa fiada que a jogou no chão. Tota, ajudante do dono do armazém, comentou que estava vendo Rita todos os dias lá pelas bandas da ponte e das antigas terras da Beira da Mata.

"Mas que conversa sem expediente, Tota. Trate é de aviar com sua lida!", disse Isabel ao intrometido, que não aceitou a reprimenda dizendo que, para completar, Rita estava para cima e para baixo com o filho de mãe Matila.

Isabel fechou sua bolsa de mão e saiu do comércio determinada a parar só quando botasse as mãos no pescoço de Rita. Que conversa fiada era aquela?

A mulher não buscou suas encomendas e retornou à sua casa contornando a praça pela lateral para evitar a passagem pelo meio da feira. Se aquilo fosse verdade, o que seria da reputação da família no centro espírita? O que pensariam? Sua filha a ter relações logo com as gentes da Matila feiticeira, atrasada, isso não poderia ser verdade! E que tempo teria Rita para fazer isso? Isabel bem pensou que estava passando as tardes no auxílio de dr. Porfírio, organizando a recepção de um médium famoso no centro. Ora, Isabel estava preocupada em receber as mensagens de Iranzinho com aquele senhor porque diziam que ele manejava bem o psicotelêmetro e repassava as mensagens dos espíritos com habilidade e fé. Teria Rita aproveitado esse tempo não para estudar para o exame do grupo escolar, como ela achava, mas para ter com essa gente?

Naquela manhã, Isabel entrou em casa e encontrou Rita sentada na rede, com os pés descalços sobre o chão frio, costume que ela repreendia na filha. Parecia que Rita queria ficar com os pés grossos e grandes! A imagem lhe fez perceber que sua filha estava diferente e rendia-se ao prazer ao refrescar-se do calor pisando no piso frio, mas desde quando viver os prazeres levaria sua família a algum lugar digno de respeito? Isabel confrontou Rita, que, estranhamente, não negou os encontros com o tal filho de Matila por nem um minuto. Havia uma certeza dentro de Rita que a avistava junto com Jonas lá na frente, não havia o que temer. Isabel não podia crer que a filha não quisesse melhorar. Por que se meter com eles, por quê? E Rita não se envergonhava de confirmar aquilo. *Ela é descarada*, pensou a mãe. O desgosto de Isabel foi instantâneo.

Não houve o estardalhaço da briga porque a filha não se alterava, não se abalava com as ameaças de Isabel. Podia ser que aquele malfeito fosse diluído com uma longa viagem de Rita para passar uma temporada na casa que os Leal mantinham em Salvador. Inventariam uma enfermidade, Rita é magra demais mesmo, seria fácil. Manoel acompanharia a filha no trem, dariam um jeito. Mas Rita perderia o exame do grupo, não dava para ela ficar mais tempo ali fazendo arte e sendo leviana. Isabel repetia seus planos em voz alta, andando com seus sapatos barulhentos por toda a casa. A filha chorava, mas em seu íntimo sabia que nada daquilo que a mãe projetava aconteceria. Rita sabia que não.

A incredulidade era superior à surpresa em Isabel. Ela estava à frente daquela família como um estivador do porto, carregando quantos pesos fossem necessários, a perda de Iranzinho que o diga, seu amado filho levado pela água. Isabel aguentou o dissabor da ausência que nunca acaba. Era uma mulher de visão e se recusou estar à mercê de uma vida que a surpreendesse. Só o controle a manteria firme para continuar seguindo para longe daquele passado, daquela mãe que não existiu porque Deus quis que outro arranjo se fizesse para ela e sua vida. E agora Rita olhava para trás, andava para trás. Dona Ritinha, que cuidou de Isabel desde o primeiro choro, dizia para ela agradecer sempre à Santa Trindade pelas bênçãos da redenção. Jacinta era o barro do fundo do rio, mas deu à luz uma menina que era areia fina das margens da água doce. A filha abençoada, Isabel, trouxe ao mundo uma progênita quase tão cristalina quanto os pontos de luz no rio quando o sol está no centro do céu. Não fosse o cabelo a se armar, Rita seria totalmente certa.

VI

Minha intuição devia estar certa: o anúncio dizia respeito ao grupo que o tio Leite comentou com meu pai. Segui para a aula com o nome do grupo na cabeça. Era um encontro de estudantes negros que aconteceria no auditório da Reitoria. Eu gostava daquele prédio, já tinha entrado lá para procurar a assistente social que Renata tinha me recomendado, mas não subi as rampas e muito menos entrei no auditório. Deixei a coincidência de lado e segui para a aula desviando dos colegas de passos que apreciavam o chão, estava quase atrasada para a aula do Albernaz.

Como ele, a aula passou sem demonstrações de inteligência invejável em suas explicações e relações que fazia a partir de seu repertório. Minha colega do primeiro dia, Fernanda, estava com ar de entediada e essa era a única reação que poderíamos ter diante do homem de cera. Nós duas nos aproximamos por conta das duas disciplinas obrigatórias que fazíamos juntas e também por conta do jeito mais reservado que tínhamos. Apesar de tudo o que poderia estar favorável a ela, como a despreocupação com dinheiro e ausência de desconforto de ser quem era no mundo, Fê não tinha atrativos físicos ou característica que a destacasse, como um olhar que fala, um raciocínio que não se pode copiar, um sorriso que não se esforça ou um colo arquitetônico. Se meu pai a visse, diria que lhe faltava sal para a vida. Ainda assim, os anos me mostrariam que sua expectativa em relação a mim era a mais rasa possível. Ela parecia querer uma plateia para sua existência desinteressante e julgou que eu fosse perfeita para isso. Com ela, eu não me sentia parte. A amizade pode ter uma didática péssima ao nos ensinar sobre o viver.

Quando a aula acabou, Fernanda me convidou para almoçar em sua casa mais uma vez, mas respondi que não poderia ir e me apressei em direção ao corredor do pavilhão na intenção de ver Renata. Gostava de encontrá-la para conversarmos enquanto caminhávamos e assim fizemos até pararmos no Ceubinho, espaço que divide a Ala Norte da Ala Central do Minhocão, para comprar chocolate na banca de revistas, e a conversa seguiu um rumo que poderia me tirar minha dúvida ingrata sobre ela ser a namorada do Miguel. Já havia se passado dias desde que os tinha visto se beijando, mas não fiz a pergunta com receio de afastá-la ao parecer bisbilhoteira.

"Aquele cara ali passou te encarando", disse Renata enquanto abria a embalagem do bombom sem ter a mínima consideração com o almoço que se aproxima.

"O de camiseta verde?", respondi sem o mínimo interesse em acertar ou errar.

"O próprio!"

"Ele é de Taguatinga, já o vi por lá, mas não nos conhecemos. Me olhou por isso."

Minha típica resposta em caso de especulações sobre namorados era sempre negar, inventar outra história em que o flerte fosse anulado, e assim fiz. Enquanto

Renata me olhava franzindo levemente as sobrancelhas para minha reação, disse que precisava ir para uma reunião e se despediu com um leve abraço.

Fiquei sozinha no Minhocão e um dos meus arroubos ruins quis fincar os pés ali também. Renata era escorregadia. Acho que ela agia comigo assim como eu agia com Fernanda. Sua intuição nos afastava, manter certa distância foi o jeito como ela decidiu lidar comigo. Segui para o RU e, quando fui ao banheiro escovar os dentes depois do almoço, vi minha imagem no espelho e fiquei envergonhada. Percebi que a raiz do meu cabelo estava alta. Já era tempo de fazer o retoque do relaxamento. Minha preguiça para cuidar de mim era inegável, o oposto de Renata, então me julguei errada novamente. Eu deveria ser mais cuidadosa.

A situação me fez lembrar do texto que tinha recebido do rapaz do ônibus, algo sobre alisamento e também do encontro de estudantes no prédio incomum. Com certeza, falariam sobre deixar o cabelo crespo natural, já havia ouvido muito sobre aquilo com o pessoal da articulação quando acompanhava meu pai nas reuniões, mas essa era a única parte que ele não ligava muito. Acho que ele gostava que eu e mamãe fizéssemos escovinha nos cabelos, já que organizou uma permuta de serviços com o dono do salão que frequentávamos. Ele arrumava o carro do cabeleireiro, quando fosse preciso, em troca das escovas, cortes e alisamentos para mim e mamãe. Talvez eu pudesse ir ver do que se tratava o tal encontro. A raiva que tive do garoto já havia ficado para trás, afinal, ele tinha sido atencioso em me dar um texto dele.

Os dias passaram dinâmicos como a leitura das páginas que eu precisava virar para entender as discussões nas disciplinas. O evento na reitoria chegou e a espera parecia me convencer de que eu precisava ir ver tudo de perto. Era um impulso que vinha de lugares que eu não sabia dizer quais eram. Meu pai não poderia estar por trás dessa decisão, pensei. Situá-la no espectro da curiosidade e vivência completa da vida universitária foram os argumentos que me levaram para as cadeiras do auditório em destaque no prédio cujo interior eu tanto queria explorar. Cheguei para a programação da tarde satisfeita por ter subido as rampas que nos fazem ziguezaguear até o último andar apreciando as plantas de verde bruto suspensas do alto do teto até o rés do chão. Escolhi uma das cadeiras mais ao fundo do auditório, para evitar ser observada, me acomodei e logo a palestra começou.

Havia duas mulheres e um homem, todos jovens, sentados à mesa imponente ladeada por bandeiras falando sobre assuntos que os deixavam à vontade. A coragem deles me deixou absorta e tive dificuldade em prender minha atenção ao conteúdo de suas palavras que me pareciam familiares e forasteiras. A menina que mais me chamou a atenção entre eles se chamava Beatriz, como informava a plaquinha à sua frente. Ela dizia algo sobre a autoestima do estudante negro ser um desafio que teria novos obstáculos a partir da chegada dos cotistas. Ela afirmou algo que me fez procurar mais em seus olhos. Beatriz disse que, quando a escola não nos quer, ela não nos olha. Nossa vida de estudante era exercida à margem e se queria interior, mas não era convidada a entrar.

As pessoas concordavam com a menina altiva balançando a cabeça ou comentando algo baixinho com o vizinho ao lado. Toda a cena me pegou de surpresa. Os estudantes presentes se pareciam comigo e talvez eu tenha sentido o mesmo que meu pai quando foi a uma reunião da articulação pela primeira vez. Mas não, eu não queria me comparar a ele, a experiência era minha e lembro de ter pensado que aquelas falas não me lembravam seus jargões, eram só sentimentos. E gostei muito de estar ali, até o momento imediato após o término da palestra.

Começaram a oferecer um café na parte externa do auditório e, quando me levantei para me servir, avistei Renata e Miguel próximos à mesa. Fiquei parada meio sem jeito na pequena fila que se formou ao redor dos alimentos e absorta pela total integração que eles demonstravam como casal. Não sei se aumentei as impressões que eu poderia ter tido do momento, mas minha lembrança registrou gargalhadas que começavam e se encerravam no mesmo espaço de tempo, gestos íntimos que limpavam migalhas inconvenientes coladas no canto da boca e infinitos olhares trocados. Eu estava presa na imagem e capturada por um sentimento ambíguo de querer os dois de maneira diferentes para mim e separados entre si, o ciúme ali dependurado como as plantas que me encaravam do alto.

Minha vez de pegar o café se aproximava e, em vez de ir embora, me detive sem reação. Coloquei o café no copo descartável e, assim que me virei, Renata estava me observando e me cumprimentou com um insignificante aceno. Miguel sorriu para mim, mas sem movimento de aproximação. Balancei a cabeça automaticamente e senti alguém tocando meu ombro: era Rodrigo, o menino do ônibus. Fiquei aliviada por conhecer alguém ali e logo depois aflita porque ele me perguntou o que eu havia achado do texto que meu deu. Menti que gostei, mas nem tinha lido. Não quis dar espaço para ele fazer mais uma pergunta e descobrir minha farsa, então comecei a comentar sobre a palestra, pontuando que Beatriz disse muito sobre toda a minha experiência de estudante. Aquilo acionou o radar de militante de Rodrigo, que me convidou a participar da avaliação coletiva do primeiro dia do evento. Minha primeira reação foi negar.

O restante da programação do evento continuou a me surpreender. As pessoas ali eram muito novas e suas falas lembravam os colegas do meu pai na articulação, mas tinham um jeito muito diferente e mais cativante. Eu me interessava em ouvi-los e me sentia bem com eles de uma forma que estendeu minha permanência por mais tempo do que eu havia planejado. O primeiro dia de evento terminou e resolvi ficar para a avaliação coletiva que Rodrigo me convidou, mas confesso que o sorteio de um livro que teria ao final também foi um atrativo.

A avaliação foi conturbada porque o principal palestrante do dia seguinte, um ativista de renome, avisou que não estaria presente. Todos ficaram consternados e Beatriz, a palestrante que me cativou com a sensibilidade de sua fala e pensamento, se transformou em aguda cólera. Ela xingava o homem de ordinário porque havia sido difícil custear sua passagem para Brasília e, afinal, ele já estava na cidade. A decepção coletiva é mais densa, e senti o ar do auditório pesar junto com eles. O Rodrigo sugeriu que alguém falasse com o Leite da articulação, já que ele era militante antigo e da cidade. Um rapaz de voz esganiçada concordou e disse que foi um erro não o ter convidado desde o começo. Uma discussão sobre quem tinha o telefone dele se iniciou e os poucos que tinham celular começaram a verificar se gravaram o número do Leite em alguma ocasião.

Havia outra preocupação que me absorveu: o homem de quem falavam só poderia ser tio Leite, mas como é que eu falaria isso na frente de todo mundo? A aflição aumentava porque o telefone que encontraram na agenda de algum dos celulares era um número fixo do trabalho dele, então, só conseguiriam contatá-lo pela manhã.

Já estava envolvida o suficiente para me sentir culpada caso fosse embora dali negando uma ajuda que poderia oferecer. Mas, ainda assim, a familiaridade que eu tinha com a sensação de culpa e de compressão interna fizeram com que eu começasse a me movimentar para sair do auditório. Então, avistei Renata e Miguel de mãos dadas, tão juntos, tão únicos que quis que me notassem. Por que me evitavam? Fiz o caminho de volta.

Cheguei perto de Rodrigo e disse que Leite era meu tio, aliás, um amigo do meu pai, conseguia falar com ele facilmente. O garoto me abraçou e repetiu a informação em voz alta. As cabeças se viraram para mim, mas eu só pude me concentrar nos olhos cintilantes de Renata me fitando como se minha presença tivesse sido vista ali pela primeira vez. Beatriz me abraçou e pediu que eu fosse com ela até o orelhão no andar térreo do prédio, antevendo que ninguém tinha crédito no celular para a ligação. Descemos rapidamente a rampa e ao contrário do que imaginei, ela não me encheu de perguntas sobre Leite ou meu pai, quis saber que curso eu estava fazendo e se estava gostando. Beatriz foi minha amiga desde aquele primeiro dia e sempre apreciou minha opinião. Com ela, começaria a entender que ser ouvida é ser benquista.

Fiz uma ligação a cobrar para casa e pedi que mamãe me passasse o telefone da residência do tio Leite. Enquanto ouvia o barulho das páginas da agenda sendo manuseadas, disse a ela que não precisava comentar o pedido com meu pai, anotei o número e desliguei. Beatriz estava perto do orelhão, mas julguei que não tinha ouvido minha advertência. A ligação para o tio Leite foi mais empolgante, pedi sua benção e disse que estava com Beatriz, colega do coletivo de estudantes negros da UnB, e que passaria o telefone a ela para que conversassem. O arranjo foi rápido e exitoso: tio Leite encerraria o evento no dia seguinte. Beatriz me abraçou vibrante e demos pulinhos rodopiantes embaixo daquelas folhas verdes içadas sobre nossa cabeça. Em questão de minutos, eu havia passado de estudante curiosa e anônima a colega de uma jovem inteligente que eu admirava. Então, aquilo era viver a universidade?

Viver não podia ser errado, Rita pensou no caminho para as terras de mãe Matila. A decisão de ir até lá seria mais arriscada se seus pais não estivessem tão envolvidos na sessão com o tal médium famoso. O dia tão esperado tinha chegado. A ausência física de Jonas revelava o sentimento curtido na saudade. Já fazia um mês que a neta de Jacinta estava proibida de sair sob o pastoreio constante de Isabel. No terceiro dia em que Rita não apareceu na ponte, Jonas esperou que a alta noite chegasse para depositar um bilhete por baixo da fresta da janela à esquerda da porta, que dava para o quarto dela, como soube nos afáveis encontros do meio do dia. "Você não pode sair? A clave de sol ainda nos aquece todos os dias. Com amor, Jonas."

Naquela manhã, quando abriu os olhos que mal haviam sido cerrados, Rita avistou um papel dobrado caído no piso verde de seu quarto, afastou o mosqueteiro de sua frente com a certeza de que Jonas havia encontrado uma maneira de amorná-la e assim aconteceu. Leu o bilhete, decorou as palavras sonoras e queimou o papel na vela do oratório antes que sua mãe saísse do quarto. A troca de mensagens entre os dois foi ininterrupta durante o mês. Rita escrevia seus pensamentos em um pequeno papel e fazia um rolinho que deixava na brecha entre a janela e o parapeito todas as noites. O ritual secreto nutriu a decisão, tomada sem receio, de ir à casa de mãe Matila. A oportunidade perfeita seria a grande sessão no centro espírita. A ordem da mãe de evitar que Rita saísse de casa veio a calhar para o casal. Isabel andava a dizer a todos que sua filha estava enferma, enquanto lidava com os preparativos para a viagem de Rita a Salvador com extremo cuidado. Manoel não podia tomar conhecimento do abuso da filha. A paciência servia para evitar dissabores, repetia a mulher em pensamento.

A boca da noite estava aberta esperando pelo encontro de Rita e Jonas. Quando chegou à ponte, acordo traçado nos bilhetes, o filho de Matila esperava por ela, a neta de Jacinta. Ele estendeu a mão com um sorriso limpo, então, sua convidada apoiou o pé no estribo como se o fizesse sempre, alçando seu corpo sem reservas. O caminho até a roça de mãe Matila não levava muito tempo a cavalo, mas poderia ser um desafio a pé. As águas do rio pareciam não se render à terra e a margem avançava mais que a da outra beira do rio. Era necessário andar um trecho mais seco, estreito e longo entre a terra cascalhada e a beirada da vegetação até ver a cerca por trás das folhagens maleáveis e compridas de verde intenso mescladas por riscos corridos de amarelo em seu centro. "Chegamos, dona moça", disse Jonas enquanto ajudava sua convidada a descer do animal. O jeito de Jonas falar conduzia o brilho de Rita a uma escala elevada desconhecida em suas experiências anteriores e ela quis que a sensação inédita se espalhasse por todo o caminho até ali sem verniz. O querer de Rita estava com uma dose extra de cores e ela gostava da nova pele.

O grande pote de barro em cima de uma mureta quase escondida pela plantação de nativos chamou a atenção do olhar da jovem que pensou na facilidade que seria aquilo cair ali do alto. Enquanto ela retinha sua inclinação às perguntas, reparou no tronco cortado, da altura da cerca, que equilibrava a escultura de uma cabeça de barro queimado, pintada de preto e cercada por lâminas, que queriam alcançar o céu, e algumas garrafadas. A imagem da mãe veio à mente de Rita. Seria aquilo o primitivismo que ela acusava mãe Matila de praticar? Ela passou os olhos por todo o lugar, avistou galinhas-d'angola e um cágado caminhando no terreiro de terra batida e pegou na mão de Jonas para subir o pequeno morro pela escadaria cavada no chão. Lá de cima, Rita avistou a pequena casa inteiramente branca que se misturava à volumosa vegetação que a rodeava e passava a sensação de estar resguardada no meio do mundo, as montanhas e serras cinzas vistas no horizonte eram suas guardiãs. Rita observou algumas casinhas menores ao redor do espaço central e imaginou que seriam das pessoas que moravam ali, mas estranhou por serem bem pequenas.

A chegada de Rita era aguardada por mãe Matila e toda a força que erguia o lugar. A amiga de sua avó finalmente pôde abraçá-la. "Menina de Jacinta, essa roça te esperava." A mãe do homem que ela amava segurou em sua mão e a conduziu até uma das casinhas de barro minúsculas ao redor da casa maior. Ao entrar, Rita forçou as vistas para ver o que a luz fraca resguardava e percebeu o contorno de vários potes bojudos de cerâmica, de tamanhos variados, que ficavam no fundo do quartinho coberto por uma infinidade de palhas secas. A mulher ereta e sólida envolveu os ombros da jovem com os braços e pediu que se sentasse na esteira estendida em frente aos vasos.

"O que é importante dizer que minha mãe não diz, mãe Matila?", perguntou Rita assim que se acomodou na esteira.

Mãe Matila, palmeira-dendê, acariciou as palmas das mãos de Rita e pensou em dizer que só os búzios saberiam a resposta, mesmo que ela ainda não compreendesse o significado daquela palavra. A luz do lampião revelou o contorno da borboleta-da-asa-que-vê pairando ao redor da moça e o entendimento de mãe Matila completou seu caminho. "Você já era a neta de Jacinta mesmo quando não estava aqui."

VII

"Tem muita gente aqui com vocês e é um pessoal lá de trás", foi a última fala do tio Leite durante a mesa de encerramento do encontro de estudantes.

Foi tão diferente vê-lo ali, que tive dificuldade em me concentrar no conteúdo de sua fala. A reação das pessoas ao que ele contava deteve minha atenção. O jeito de falar dele, que parece anunciar o inesperado, mesmo diante das histórias já conhecidas de tão repetidas, deu lugar a um tom grave de alma antiga. Todos queriam ouvi-lo e gostei de me sentir ativa no momento de movimento. Gostaria de ter guardado mais detalhes da ocasião, mas a memória dentro da memória me levava para a o passado, quando eu ainda era criança e passava as manhãs bebendo guaraná e comendo a pipoca da tia Bené, a esposa do tio Leite, nas reuniões da articulação que aconteciam na casa deles. Meu pai sempre gostou de ouvir meu tio e meu tio sempre gostou de me ouvir. "Nana, por que será que jogaram pedra na Geni?", ele me perguntou um dia, quando me pegou com os olhos marejados enquanto a música do Chico tocava. "Eles são maus", respondi esfregando um dos olhos com o lado mais escuro da minha mão. "Filha, a maldade sempre vem de algum lugar."

As pessoas o olhavam e balançavam a cabeça concordando com um homem que teve pouco estudo, mas que sempre soube perguntar, como gostava de contar. Era o mais importante, ele dizia, o contrário era aceitar e seguir do jeito que dava. Tio Leite sempre foi um sábio agregador. Qualquer empreitada solitária era impensável para aquele homem pequeno, de tronco fino e olhos carregados por imagens que sempre tentávamos ver e boca generosa o bastante para mostrá-las. Ele triunfou junto àquela juventude ávida pelas duas novidades concomitantes: a da idade e a da possibilidade. E eu estava lá com ele.

A salva de palmas durou o suficiente para que eu pudesse observar as gotas de luz que pingavam de olhar em olhar. Meu tio sempre teve razão: o brilho é sempre mais intenso quando está em vários pontos, mesmo que pequenos. Imaginei um vestido estrelado com todos os pontinhos, quis abraçar meu tio querido e dançar com ele pelo auditório com o novo traje que era nosso. Ele desceu as escadas e foi cumprimentando todos os que se aproximavam. A primeira delas foi Beatriz, que o abraçou como se também fosse sobrinha dele. Hoje sei que tio Leite era tio de todos nós naquele dia, nos anteriores e nos vindouros.

Eu e Rodrigo observamos a movimentação das pessoas e aguardamos pacientemente nossa vez de falar com o disputado palestrante. Puxei meu novo amigo pelo braço e fomos em direção à cadeira da tia Bené, que me abraçou com carinho e perguntou se eu tinha convidado meu pai. Dei uma resposta evasiva sobre o trabalho dele e apresentei Rodrigo a ela. A nova sensação estava me deixando diferente, num lugar dentro de mim que eu não sabia explicar e entender ainda. Me sentia parte de um todo e aquela sensação boa tinha uma força interna que ganhava potência para se desenvolver no espaço externo. Rodrigo foi bastante atencioso com a Tia Benedita e os apresentar me pareceu uma forma de retribuir o gesto dele no ônibus dias antes. Ambos podíamos dividir nossos mundos e ver que a amizade acontecia assim. Enquanto a tia falava com Rodrigo, observei de relance que Renata estava por perto nos observando, mas sem anunciar movimento de aproximação. E Miguel estava ancorado com ela no alto do lugar.

"Minha filha, que coisa bonita vocês fizeram hoje!", disse tio Leite vindo em nossa direção e me envolvendo num de seus abraços que se transformam em dança que gira e envolve.

"Eu não fiz nada, tio, só dei seu telefone", respondi durante nosso rodopio familiar.

"As coisas boas sempre vêm de algum lugar", disse o tio enquanto apertava a mão do Rodrigo, que se comprazia com a oportunidade de conhecê-lo. O auditório foi se esvaziando e alguém lembrou que era preciso convidar todo mundo para o encerramento do evento no Centro Comunitário. Haveria uma festa com DJs e uma oficina de trança afro para quem quisesse.

Beatriz se aproximou de nós e disse que poderíamos ir juntas para lá. Dentro de mim, eu queria ir, mas também tinha receio. *Será que eu deveria ir até Renata para cumprimentá-la? Por que a distância?* Esses pensamentos se misturavam com a aura entusiasmada da ocasião e complicava a decisão, uma tarefa que sempre foi difícil para mim.

"Vai ficar para a próxima, meus queridos. Amanhã tenho uma grande entrega para fazer na gráfica", disse tio Leite se dirigindo a quem estava mais perto.

O rapaz de voz esganiçada, que usava tranças de tamanho médio no cabelo crespo e vestia uma camiseta preta com a capa do álbum *Sobrevivendo no inferno*, se aproximou de nós e disse: "Seu Leite, o senhor é firmeza!".

Meu tio agradeceu e foi se dirigindo para o estacionamento. Segui com ele até a kombi da gráfica decidindo se pegaria carona para casa com eles ou não.

"Está gostando daqui, Nana?", disse o tio, que sempre queria me ouvir, fazendo um gesto com a mão girando no ar da UnB.

"Tem horas que eu gosto e tem horas que não, tio. É difícil explicar", respondi.

"Então você está vivendo mesmo. É assim, é só ter cuidado para não deixar a parte detestável encher seu bulbo de ira", falou meu tio passando a chave da kombi para a tia Bené, que me abraçou dizendo para eu ficar para a festa.

"Ô, Jordana, vem com a gente!", disse Rodrigo gritando do outro lado do estacionamento e acenando ativamente com os braços como se eu não pudesse vê-lo.

Decidi ficar. A tarde se foi junto com meus tios.

Fui sorrindo até o carro que Rodrigo apontava, mas o sorriso se desfez quando me dei conta que me sentaria ao lado de Renata. Beatriz estava dirigindo, com Rodrigo ao lado no banco do passageiro, e eu atrás ao lado de Renata, que segurava caixas com panfletos, tecidos coloridos e latas de refrigerante e cerveja geladas.

"Oi, Renata", disse me acomodando ao seu lado.

"Vocês já se conhecem?", falou Rodrigo enquanto colocava o cinto de segurança.

Renata assentiu com a cabeça e se inclinando para me dar um abraço de leve e um beijo estalado no rosto seguido de um "Oi, Jordana". Eu era incapaz, no momento, de entender o sentimento de posse que envolvia todo o brilho de Renata deixando-o turvo. Ela queria ser a única em tudo que considerava especial, e eu era uma igual, ao menos lhe parecia. Minha chegada àquele espaço que ela havia conquistado para si a levou a reconfigurar o plano de convívio isolado que tinha escolhido como o mais adequado para ser compartilhado comigo, o mais seguro. O silêncio entre nós parecia me permitir ouvir o barulho de máquina no interior de Renata trabalhando, trabalhando. Chegamos ao local da festa, que era muito perto da reitoria.

Todos tinham uma atribuição previamente combinada e os afazeres para a festa já estavam adiantados. Beatriz foi para um lado do lugar imenso com um grande palco no meio e Rodrigo foi para o outro. Antes que eu me visse sem graça e perdida, Renata disse para eu ajudá-la a organizar a sala em que a oficina de tranças aconteceria, as trancistas já estavam chegando. Concordei com a cabeça e atravessamos juntas o ambiente.

"Esse lugar não é muito grande?", perguntei a ela.

"É, mas vamos ficar concentrados lá perto do bar. A festa é aberta pra quem quiser vir, mas acho que só vai dar a gente mesmo", respondeu ela.

Enquanto íamos e voltávamos do carro para buscar todas as caixas que ela equilibrou no caminho, me perguntei por que ela nunca tinha me falado daquele grupo, daquelas pessoas, do evento que organizava. *Por que não tinha me convidado?* Não era apenas sobre Miguel que ela evitou me contar. Aquilo me incomodou, mas me faltava coragem para falar qualquer palavra que pudesse me colocar num possível confronto com Renata. Então me esforcei para entendê-la mesmo intimamente sentindo que sua atitude alimentava o desgosto interior que eu sorvia na vida.

"Sessenta por cento dos jovens de periferia sem antecedentes criminais já sofreram violência policial", ouvi a voz esganiçada testando o som do microfone, olhei para Renata e perguntei qual era o nome do cara. "Marcinho", disse ela. Era inevitável para mim olhá-lo com aquela camiseta sem lembrar de um ficante que tive no Ensino Fundamental. Foi meu primeiro beijo e teve gosto de balinha Freegells vermelha. O garoto nem era da escola, mas começou a ir ao portão na hora da saída para olhar as meninas e ficar com seus amigos, alguns montados nas pequenas bicicletas JNA. Não que Marcinho e ele se parecessem, mas suas camisetas pretas dos Racionais MC's eram idênticas e não era todo mundo que escancarava o gosto por rap naquele fim do século. Eu o beijei, assim como todas as meninas que eu conhecia, e logo ele passou a frequentar outro portão de escola, mas a lembrança ficou. Comecei a cantarolar os versos do grupo que eu conhecia bem e que Marcinho colocou para tocar enquanto cuidávamos dos preparativos da festa.

"E você conhece?", disse Renata com a sobrancelha arqueada.

"Gosto, ué!"

Renata não me deu muita atenção até o início da oficina, quando nos sentamos lado a lado na sala que arrumamos juntas. "A gente vai separando as mechas em riscos como se fossem caminhos", a trancista já tinha começado a nos passar seus ensinamentos enquanto explicava o que estava fazendo usando o cabelo da Beatriz como modelo. A cabeleireira tinha levado mais quatro ajudantes para a oficina. Elas se dividiram e começaram a fazer as tranças-raiz em mim e na Renata. Eu jamais tinha feito uma e Renata também não.

"Não sei se fico bem assim", disse Renata, preocupada com o resultado do penteado. Eu disse a ela, bem baixinho, que se ficasse ruim eu a ajudaria a desmanchar. "Por que você não falou que seu pai era do movimento negro?", disse Renata me encarando enquanto seu pescoço entortava para facilitar o movimento da trancista.

"Por que você não me falou que tinha um namorado?", respondi, sem pensar, fazendo o mesmo gesto.

Nenhuma das duas quis responder às perguntas que pareciam mexer em pontos delicados da existência de cada uma. Renata segurou minha mão quando sentiu o cabelo sendo repuxado pela trancista habilidosa. As tranças percorreriam apenas metade da cabeça, como detalhadamente explicado por Renata no começo do penteado, o restante dos fios ficaria solto mostrando o resultado da chapinha. Sem entender muito minha escolha, pedi para a moça que fizesse a trança por toda a extensão do meu cabelo. Eu quis o caminho completo naquele dia.

Saímos diferentes da sessão improvisada de salão. A festa estava a toda lá fora e Beatriz puxou minha mão para que fôssemos ao banheiro nos vermos no espelho. Cada uma passava as mãos naquelas fileiras traçadas em nosso couro cabeludo, os riscos finos estavam sensíveis ao nosso toque curioso e nos levava a um lugar novo juntas. Eu não parava de passar as mãos no cabelo sentindo falta do movimento que a chapinha me emprestava e que durava pouco. Me fitando com atenção, sim, eu me achei bonita naquela noite.

"Estamos umas gatas, mulherada!", disse Beatriz, que tinha feito a trança raiz completa como eu.

"Eu sempre estou, né!", respondeu alto Renata, segurando uma latinha de cerveja.

Fui com Beatriz para perto do bar e lá encontramos Rodrigo, que ficou parado com um bloco de fichas nas mãos me olhando com atenção e um sorriso. Miguel estava no bar e sorriu para mim com a mesma intenção que vi nos olhos de Rodrigo. Me senti bela e saboreei a sensação junto com a cerveja adocicada. Entrei no bar com Beatriz e Rodrigo para terminarmos de escrever os valores das bebidas no cartaz que colocaríamos em frente ao caixa.

"E aí, guria, tudo bem?", disse Miguel me dando um beijo tímido no rosto.

Vi que Rodrigo apertou os olhos, mas não perguntou se nos conhecíamos como fez com Renata no carro. Enquanto eu o respondia, Renata chegou logo atrás maquiada e com uma blusa diferente. Abriu os braços em direção a Miguel, deixando nítido que eu deveria abrir espaço para que ela e seu brilho passassem.

"Tô bonita, amor?", perguntou Renata a Miguel se aproximando para beijá-lo.

"Tá linda, mas por que não fez no cabelo todo?", respondeu ele apontando para mim e para Beatriz. Ela se virou para nós duas e disse que estávamos mesmo bonitas. Não sei qual foi a resposta que ela deu no ouvido do Miguel, mas vi o sorriso dele. Ela sabia como tê-lo.

Ter Jonas era viver. Rita saiu do quartinho de mãe Matila sentindo-se outra e quando se é outra o que era o mesmo fica distante. A lonjura do caminho até a roça pareceu aproximá-la de sua melhor parte, a que ela tinha certeza de que existia e que a levava a desconfiar dos planos ordenados de sua mãe que limitavam sua curiosidade e intenção no mundo. Havia algo dentro dela que pareceu ter crescido assim que ela saiu do quartinho de mãe Matila e era sua vontade de ser gente inteira, que não se encolhe para caber. Rita se apoiou nas mãos que seriam suas para sempre e montou no cavalo para que Jonas a levasse em casa, mesmo que aquilo já não fizesse tanto sentido em seu coração. Rita sentiu vontade de ser plantada naqueles morros.

Cavalgaram por alguns minutos até avistarem uma casinha de adobe como aquelas em que Rita conversou com mãe Matila. Ela abraçava Jonas com uma força quente, inédita e sem volta. Rita pediu a ele que ficassem um pouco ali. Ainda havia tempo até que os pais voltassem do centro, e talvez isso já não importasse tanto. Jonas a ajudou a desmontar da cela e envolveu seus braços no tronco miúdo da mulher mais bonita que já tinha visto. Rita era sua como todas as notas musicais que aprendeu a reconhecer de ouvido e aquele momento era deles como todas as canções que ele compôs pensando naquela mulher. Ela se equilibrou na ponta dos pés mostrando para Jonas que queria mais dos beijos de sol no meio do céu e ele se encurvou para ser envolvido pela ária mais cadente. Uma estrela caiu com eles na noite em que deram a lume outra.

O pôr-do-sol no morro maior, atrás da roça, havia mudado de lugar três vezes desde que Rita chegou para ficar de vez. Não fazia tanto tempo, mas ela sentia que esteve ali por toda a sua linha de existência naquele corpo, que agora tinha novo contorno. O desespero de Isabel quando a viu vomitar sem controle após sentir o cheiro da emulsão de fígado matinal só não foi menor que a tristeza de Manoel quando Jonas foi pedir a mão de Rita em casamento. Pois que desaparecessem os dois, os três, os quantos ignorantes que viviam em meio às trevas. O desgosto dos pais roubou a paz de Rita, mas talvez fossem os sintomas incontornáveis da gravidez que se iniciava. A neta de Jacinta se sentia estranha ao não se desesperar por ser excomungada da única vida que havia conhecido. Mesmo assim, ela sofreu.

Rita pensou em Iranzinho e na ausência de vida que sua morte desencadeou em seus pais. Logo ele, que saboreava viver com o apetite de moleque que morde a fruta madura recém-colhida. Ela quis uma manga-coquinho de casca alaranjada como o céu no fim de tarde enquanto terminava as duas últimas fileiras de trancinhas no coco de cabeleira abundante numa das filhas de mãe Matila. Ainda havia tempo até que as mangas estivessem boas para serem apanhadas. Ela esperaria para que Jonas as colhesse quando voltasse dos concertos com a Jazz Jonas em Salvador. Mas às vezes acontecia de as mangas caírem do pé quando estavam de vez, no caminho entre o verde absoluto e o amarelo desbotado. A queda se dava pelo vento, pela chuva, pela vida. A borboleta-da-asa-

-que-vê pousou na cerca do galinheiro e Rita pôde mirá-la por um segundo antes que a primeira pontada aguda arrebatasse seus sentidos. Dentro de suas águas ela lhe pediu ajuda. Seu filho ficaria, não haveria partida. Ele viria e seria.

Iran sempre ouviu a mãe dizer que sua jornada começou antes mesmo de ele irromper a água argilosa que o moldou dentro dela. O parto foi complicado. A bolsa estourou numa explosão de líquido represado, mas isso demorou a acontecer. Rita segurou a mão de mãe Matila por horas até que a força colocada em seu ventre convencesse a criança a conhecer o ar. Quando o menino venceu a correnteza placentária, Rita estava tomada pela lida do nascer. Ainda fraca pelo embate consigo e com sua criança, ela o amou ao primeiro choro. A esperança vinha com as águas. As coisas seriam diferentes. Era preciso crer. Era preciso viver. Meio sonhando, meio acordada, Rita decidiu que seu filho se chamaria Iran e vingaria.

VIII

Abri os olhos sem querer fazê-lo e passei as mãos nos meus cabelos completamente trançados. Havia algo diferente em mim, era um nascer que vinha de fora. As finas filas de fios trançados fundaram percursos internos novos e fiquei deitada passando os dedos entre as linhas retas traçadas por outra mulher em minha cabeça. Tive vontade de passar muito tempo fazendo esse carinho em mim, mas as cenas da noite anterior subiam e desciam dentro da minha testa. Na manhã de sábado eu era uma TV antiga mal sintonizada e parecia difícil funcionar.

Fui à cozinha para ver se tinha café na térmica e voltei ao quarto com uma caneca cheia de cafeína e uma garrafa d'água gelada. Estava sozinha em casa. As luzes intermitentes da festa surgiam vacilantes na minha memória recente embaçada. O som era mais nítido e alto o suficiente para piorar tudo. A cerveja doce foi abundante para minha pouca experiência com o álcool e a ressaca jogava as batidas do excesso no fundo da minha cabeça. Abri a mochila procurando o remédio para dor que eu sempre carregava e vi o texto que Rodrigo tinha me dado. As páginas estavam amassadas, havia uma orelha dobrada na capa, e fiz o caminho de volta no papel para arrumá-lo. Lamentei que não desse para fazer o mesmo com o beijo que dei nele no caminho para casa.

A ressaca se foi e o final de semana também. Na segunda-feira, segui para a UnB de metrô para diminuir as chances de encontrar Rodrigo logo cedo no ônibus. Cheguei adiantada para a primeira aula e fui absorvida pelos infinitos cartazes nos murais que percorriam quase toda a extensão do Minhocão. Havia um chamado urgente para uma seleção de bolsista para uma pesquisa às 15h e eu me encaixava no perfil porque não havia exigência de semestres cursados. Estava anotando as informações na agenda quando Beatriz se aproximou sem diminuir o passo, dizendo para eu ir com ela:

"Destruíram a sala do grupo. Canalhas!", disse Bia com os olhos querendo saltar do rosto.

Ela seguiu na frente, mas se deteve quando viu que eu fazia anotações diante do mural. Beatriz arrancou o anúncio, dobrou, me entregou e saiu me puxando pelo braço. Fui atrás de seu passo apertado e comecei a ficar tensa com aquilo tudo. O que estava acontecendo? Descemos as escadas para o subsolo e quase corremos até o final da Ala Norte, onde ficava a sala que eu ainda não conhecia. Passamos pelos seguranças da universidade que protegiam a entrada depois que Bia explicou que éramos ativistas do grupo e já começamos a desviar das cadeiras jogadas no chão. Havia panfletos do coletivo rasgados e espalhados pela sala de pouca ventilação. Era impossível ficar ali. Marcinho, Miguel e Rodrigo tinham improvisado uma balaclava com a camiseta e tentavam fazer algo no meio dos montes de papéis higiênicos sujos que foram espalhados pelo chão e pelas paredes com a intenção de nos levar junto com aquela merda toda. Ainda havia a mensagem pichada na maior parede da sala: "Preto na universidade só se for na cozinha do RU".

Peguei minha blusa de frio na mochila para tapar o nariz e reparei que Beatriz tinha ficado petrificada diante da situação extrema. Eu já tinha visto aquele olhar em mamãe várias vezes. Sua pupila ficava opaca, o reflexo do olhar inexato e a respiração tentava sorver o impossível à alma. Era preciso levá-la a um lugar reservado. Segurei seu pulso e saímos da sala. Beatriz respirava mal. Pedi uma água no restaurante que ficava ao lado da sala do grupo e depois do primeiro gole ela chorou alto por alguns segundos. Antes que a água do copo acabasse, Bia secou seu rosto e voltou ao inferno determinada a acabar com ele.

Miguel estava acabando de tirar fotografias para registrar o ataque e vi que Marcinho e Rodrigo já estavam com grandes rodos nas mãos para começar a catar a porcaria toda. Eu me sentia mareada. A camisa não era capaz de filtrar metade do ar fétido preso na sala de vento parco e aquilo burilou cenas que imaginei e escondi nos recônditos da minha memória. A voz do meu pai disparou em meus ouvidos: *Os pretos tinham que carregar a merda dos brancos, minha filha, a merda*. Eu era tão pequena e não havia censura para ele, que queria me preparar para tudo. *E não é pra chorar, é pra ser forte*. As histórias viravam desenhos que eu compunha também em mim, e o choro guardado, para mostrar fortaleza ao pai, esperava a solidão do papel em branco para gotejar. Ao ver meus amigos tentando se livrar da merda que um mundo quis que carregássemos, as lágrimas rolaram da beira do abismo de dentro. Meu estado era nítido a Miguel e seu abraço me trouxe de volta para fora quando disse:

"A gente vai descobrir quem são os filhos da puta que fizeram isso!"

Ouvi Beatriz dividindo as tarefas que precisávamos fazer imediatamente: juntar os papéis para colocar no saco de lixo, pedir que o pessoal da limpeza nos fornecesse os materiais, contabilizar o prejuízo com o material gráfico, ver o que dava para aproveitar e exigir o registo do boletim de ocorrência pela universidade o quanto antes. Ao meio-dia, nos reuniríamos no Ceubinho para pensar num ato de repúdio, nas medidas de segurança e na investigação que exigiríamos da universidade. Começamos a juntar os papéis emporcalhados improvisando luvas com os sacos de lixo e uma turma de trabalhadores da limpeza chegou para nos ajudar sem que tivéssemos pedido nada além dos produtos, vassouras e panos. Em silêncio, trabalhamos até acabarmos com o grosso da imundície. Os meninos tiraram as estantes e as cadeiras da sala, enquanto eu e Miguel separávamos os folhetos que ainda poderiam ser utilizados. A tarefa a dois aproximou o movimento dos nossos corpos e o toque inevitável de nossas mãos. Absortos pela indignação que condena a tranquilidade, terminamos o trabalho. O jato d'água e a espuma do sabão avançaram no recuo da podridão.

"Vem comigo escrever os cartazes para a assembleia", disse Miguel, que viu que eu não tinha me envolvido em nenhuma das tarefas divididas pela Beatriz. Rodrigo nos observou e não se candidatou a ir conosco, parecendo me evitar. Tentei, em vão, tornar nítido nosso beijo esmaecido pelo álcool. Decidi ir com Miguel. Minha tendência a fugir do centro dos acontecimentos estava sendo posta à prova, mas eu queria estar ali e a presença dele fazia esse sentimento aflorar. Compramos papéis pardos na banquinha e seguimos para o centro acadêmico de comunicação, o curso de Miguel.

"Você está bem, preta?", disse ele abrindo o papel na mesa de sinuca que havia no lugar.

"O que importa agora é descobrir quem fez isso. Depois a gente fica bem", respondi.

"A real é que você parece que nunca está bem", disse Miguel desenhando letras garrafais no cartaz com o pincel.

"Sou mais na minha mesmo", comentei querendo que ele me chamasse de preta mais uma vez. O carinho novo foi a única coisa boa do dia.

"Eu não consigo te ler", disse ele falando baixo e com uma calma que não condizia com a urgência de colar os cartazes antes do meio-dia.

Firmei a régua no papel, tracei uma reta quase invisível com o lápis e entrei nela para não responder ao comentário desconcertante e talvez o mais significativo, depois de tudo o que ocorreu. Ele, que sempre me escapou, não conseguia me reconhecer.

Colamos os cartazes juntos apressadamente. Já era quase a hora do almoço e os corredores lotados facilitariam o boca a boca. Miguel e eu terminamos as primeiras tarefas como se elas fossem catalisar o entendimento da dimensão daquilo tudo, o que seria difícil. A materialização da hostilidade é tão absurda que seu assentamento na realidade leva tempo. Nos sentamos no local onde a assembleia aconteceria e as imagens da sala destruída voltavam, assim como as palavras do tio Leite e as batidas da festa. A vida pode ser vertiginosa.

"Essa merda tem a ver com o evento?", perguntei olhando para Miguel, que estava com os joelhos encostados nos meus enquanto nossas costas se recostavam na parede de tijolos aparentes do mezanino.

"Pode ter enraivecido os playboys, mas eles nunca precisam de desculpa para nada", respondeu Miguel me olhando como quem quer conversar e não apenas falar.

Assenti com a cabeça e percebi que minha imensa confusão interna se mexia no cantinho em que a escondia. Eu quis secar os olhos já rasos pela linha d'água. *E não é pra chorar, é pra ser forte*, o comando do meu pai estava lá em algum lugar se erguendo contra minha sensibilidade.

"Chora, preta, vai te ajudar a lavar tudo aí", disse Miguel colocando suas mãos nas minhas.

Por que ele era tão diferente? Eu quis mais.

"O que está acontecendo, gente?", olhamos para cima ao ouvirmos o disparo da voz imperiosa de Renata.

A tristeza passageira de criança chegou ao coração de Iran quando ele ouviu vó Matila contar que Oxalá ficou preso por sete anos nos reinos de Xangô. Era o sétimo aniversário do garoto e aquele dia anunciou a chegada do fogo. Ele fazia uma fileira com as pedrinhas que estavam ao alcance de seus dedos miúdos sentado no pátio liso do terreiro, e a avó percebeu que o filho de sua cria lacrimejava. A criança, cristalina no sentir, quis chorar e Matila lhe disse que limpava os pulmões e era bom. A vida inteira dele, tudo que ele já sabia e estava aprendendo, como jogar bola com o amigo Ramiro, aprender a tocar saxofone com o pai, ler com a mãe e ouvir as histórias que a voinha Matila contava, cabia no tempo de sofrimento de Oxalá. Iran pensou naquilo até a bola de coco seco triscar em suas pernas cruzadas e ele levantou para chutá-la para os moleques que não se cansavam jamais do jogo.

Era um dia comum na roça. Rita preparava o material para as aulas do dia seguinte, a criançada avançava bem na leitura e faltavam poucos dias para o retorno de Jonas dos concertos. Mãe Matila punha a canjica de molho na água quando ouviu os passos de botas sobre as folhas secas da mangueira. Os meninos recuaram do centro do pátio em direção à entrada da casa. Os três desconhecidos carregavam o desprezo no gestual em tudo o que se relacionava à mãe Matila e o instinto infantil aguçava o sentimento ruim nos peitos ingênuos. Mãe Matila viu que os homens seguravam um papel. Rita atravessou o terreiro e se aproximou para pegá-los das mãos de um deles, que ela bem lembrava da época das sessões do centro, um dos empregados do dr. Porfírio. O homem sugestionou que falaria algo a Rita ou sobre ela, mas ela nunca foi de se prestar às ousadias e começou a ler o papel em voz alta para não ser interrompida. Os herdeiros dos Leal reivindicavam a posse das terras. Em trinta dias, todos deveriam sair.

Mãe Matila não se surpreendeu com a audácia das botas que já pisaram no inferno, mas isso não diminuiu o impacto do desespero pela perda do firmamento. Suas explicações foram ouvidas por eles com escárnio e troça: "Acordo de boca só vale em terra de preto", disse o homem que Rita conheceu num passado que mais parecia uma outra vida.

Mãe Matila insistiu que as terras de cascalho foram doadas para Jacinta quando ela ajudou dona Ritinha a gerar seus filhos. Sem as rezas, as garrafadas com as cascas dos troncos das árvores adequadas e os banhos com as ervas corretas colhidas nas horas certas do dia ou da noite, Ritinha jamais teria dado à luz a prole que agora se levantava por calhau e desdém. Quando viu que Jacinta padeceria no parto, dona Ritinha chamou Matila, a irmã que Jacinta fez na vida, e disse que ficasse ela com as terras, mas que queria ficar com Isabel como se fosse sua filha. Matila quis cuidar e embalar Isabel para fazer valer a memória de Jacinta, botou os olhos na gamela e a canjica inchada a fez lembrar da pele macia de Isabel ao nascer. A sobrinha foi tirada dos seus braços e a memória interrompida.

Tão logo os homens deixaram o terreiro, Rita foi procurar conhecidos no primeiro saveiro que saía para enviar carta à pensão em que Jonas se hospedava pedindo que voltasse imediatamente. Durante o caminho que a fez conhecer o interior de si, Rita pensou em falar com dr. Porfírio, mas sabia que Isabel interditou a filha não só de seu coração, mas também da cidade inteira. Os dias se seguiram sob suspeição, e o céu parecia se aproximar do chão a cada dia mais um pouco no mês derradeiro. Jonas voltou e junto a Rita tentou pedir ajuda a quem pudesse estender-lhes a mão, principalmente às gentes que sempre tiveram a ajuda de Matila para vencer. Acontece que os Leal repeliam qualquer demonstração de apoio. Antes que o fogo viesse, mãe Matila jogou os búzios e Ossá Mejí respondeu que haveria perturbação, era preciso ir para fazer valer o caminho das águas e do fogo.

Era desconcertante encarar a placidez no olhar da velha Matila. O tanto que ela já tinha visto da vida não diminuía o assombro com o mundo, mas ela olhava à frente de todos e não se podia acompanhá-la. Contra os pedidos da mãe, Jonas reuniu quantos homens pôde e foram até à fazenda dos Leal para mostrar que não sairiam. Os caminhos na curva final do rio não eram nada para aquela gente que supunha ter tudo e a injustiça é um motivador potente para quem não se prostra. O tempo mostraria que as terras estavam no meio de negócios que valeriam muito aos Leal. A antiga fazenda Beira da Mata não fundou cidades em vão. Havia valor mesmo onde só se via cascalho. O fogo foi a resposta à audácia dos homens vestidos de branco e de coragem. Quando a noite escondia os contornos de quem quer que fosse gente ou bicho, as labaredas comeram o quartinho em que Rita entrou com mãe Matila na primeira vez que pôs os pés no lugar em que pôde ser. O aviso foi dado com violência e quando esta aparece leva consigo o que é razoável, o que é humano.

Iran tinha sete anos e nunca esqueceu do chiado abrasado nas palhas do coqueiro que serviam de teto para os quartinhos dos orixás. No colo de seu pai, o garoto viu a cor e o cheiro da destruição onde se quer vida. A mulher Matila se destroçou por dentro, mas foi mãe Matila por fora. A velha sabia que o terreiro seria reerguido em uma terra que ainda não tinha nome conhecido. Logo Rita saberia seu proceder e o incêndio haveria de apagar.

IX

Renata queimava. Assim que a viu, Miguel renunciou ao toque da minha mão com lentidão. Nada nele jamais foi ríspido ou brusco. Não havia denúncias em quaisquer de seus gestos. A segurança de que nada havia a temer magoava meu brio. Eu era centelha morna e a dúvida de Renata me interessava, mas não era motivo de orgulho. Era o querer dele que eu queria ainda que custasse os ciúmes de quem esperei como amiga. A distância aberta entre nós, no primeiro dia do nosso convívio, foi coberta pelas cinzas de um incêndio naquele momento. Nós três soubemos.

"Atacaram a sala do grupo. Vai ter uma assembleia daqui a pouco", disse Miguel se levantando e se posicionando ao lado dela. Nem precisei secar as poucas lágrimas que já haviam evaporado com a secura de Brasília e de Renata. Melhor assim.

"Encontrei o Marcinho lá em cima e ele me avisou. Vim direto pra cá", disse Renata jogando o peso de cada palavra em mim. Se ela já sabia do ataque de merda, a pergunta que nos fez era sobre minha proximidade com Miguel. Isso era óbvio e foi estranho reconhecer uma percepção interna nova. Eu queria Miguel e talvez houvesse um preço a se pagar.

Percebi que as pessoas passavam olhando os cartazes e muitas iam parando, espalhando suas mochilas e se sentando embaixo do vão da rampa de acesso ao primeiro andar. Era minha primeira assembleia estudantil e a dinâmica rápida com que aquilo se organizou me deixou surpresa. Quando Beatriz falou sobre o momento mais cedo, duvidei da eficácia do chamado. Eu estava enganada. A concentração foi aumentando e os comentários sobre o ataque também. Uma situação assim era desconhecida das pautas dos estudantes engajados e indicava que a vida na universidade jamais seria a mesma.

Rodrigo apareceu entre as pessoas segurando um megafone que tinha pegado com o pessoal do sindicato da universidade, como me contou depois. Ele pediu a todos que esperassem um pouco mais até que Beatriz chegasse para dar os informes. Enquanto isso, pediu que permanecêssemos sentados para chamarmos a atenção de quem passasse. O alto-falante ficaria aberto para quem quisesse manifestar seu repúdio ao racismo contra os estudantes negros da UnB. Muitos estudantes começaram a falar. Parecia gente experiente com aquele tipo de manifestação. Mas percebi que o Marcinho estava mais agitado do que de costume.

Eu já estava perto dele e de Rodrigo, do lado oposto ao de Renata e Miguel. "Esses moleques estão falando de outra coisa", disse Marcinho sacudindo os braços sem esconder que apontava para o rapaz do movimento estudantil, que falava ao megafone e parecia ser conhecido de todos. Rodrigo concordou com ele e se aproximou do menino de olhar agateado pedindo questão de ordem para dar um aviso. "Estamos reunidos para discutir nossas ações perante o ataque racista que nosso grupo sofreu hoje", disse Rodrigo usando uma firmeza em sua voz que destoava da falta de jeito que aparentava ter. Aquilo me levou para a saída da festa. Recuperei a cena perdida em que ele gesticulava na rodoviária falando animado que o evento tinha sido um sucesso, que Leite tinha sido incrível e que queria um beijo meu para tudo ser perfeito. Rodrigo falava aos estudantes na assembleia e eu o envolvia em um abraço seguido de um beijo sem encaixe. A lembrança reestabelecida me deixou constrangida. Ele era uma pessoa legal.

Beatriz chegou perto de nós e pediu a palavra para dar os informes e organizar os próximos passos. Vi que Renata acompanhava a movimentação de Bia, que chegou dizendo ao meu ouvido que tinha conversado rapidamente com uma decana pelo telefone. Eu ainda nem sabia o que era uma decana, mas senti a confiança de Beatriz e disso eu gostava muito. Ela pegou o microfone, agradeceu o apoio de todos e disse que o momento marcava um aceno público contra os racistas que estavam entre nós avisando que o grupo teria uma reunião com o reitor logo mais.

O megafone ficou disponível por mais algum tempo e ouvimos as falas de muitos estudantes, a maioria homens. Vi que Bia chegava perto de muitas garotas e as convidava para falar, mas poucas aceitavam. Ela chegou perto de mim e perguntou se eu não queria dizer o que senti quando estive na sala com ela mais cedo, mas eu recuei dizendo que não queria falar nada. Beatriz tocou em meus ombros e me acolheu balançando a cabeça em concordância, pegou o alto-falante e disse: "Nós sabemos o que sentimos e somos nós quem podemos compartilhar isso". Bia sempre soube ensinar.

A assembleia começou a esvaziar e só os integrantes do grupo permaneceram ali no mezanino. Eu tinha visto a maioria deles no evento e na festa, mas não os conhecia. Havia duas garotas de trança rasta, aparentemente irmãs, que conversaram com Renata e três rapazes próximos a Marcinho e Miguel durante quase toda a assembleia. Beatriz falou sobre a reunião com o reitor e disse que precisávamos decidir sobre quem de nós participaria. A principal pauta era a exigência de investigação para a punição dos culpados e o reforço das outras reivindicações que o grupo já fazia à universidade havia tempos.

Quando Beatriz perguntou quem gostaria de participar do encontro e se colocou ao meu lado, Renata veio para perto de nós e se concentrou nas instruções de Bia que saíam do instrumento já desnecessário agora que éramos poucos ouvidos. "É importante que as testemunhas oculares do ataque participem dessa reunião. Nós limpamos a merda toda e sabemos onde queriam nos colocar com tudo isso. Inclusive, a equipe da limpeza deve ser convidada", disse Beatriz encostando o polegar no indicador e movendo a mão com uma calma que se opunha à voz firme de quem lidera.

"Eu discordo desse critério e acho que quem é mais antigo no grupo tem prioridade", disse Renata sem se inscrever ou esperar que o alto-falante chegasse até ela. Marcinho estava anotando a ordem de quem falaria e vi que ele balançou a cabeça ativamente concordando com Renata. A situação só cabia a mim, a novata que sequer era do grupo, mas que esteve na sala pela manhã testemunhando a descoberta do ataque. A colocação de Renata me pegou de surpresa e fui parar no centro de uma discussão no meio da assembleia. Isso me deixou com as mãos suadas e acelerou a corrida do sangue dentro de mim. Comecei a balançar a cabeça negativamente e devagarinho já indicando que eu não tinha vontade de comparecer à reunião. A seleção para a pesquisa já tinha mergulhado no meu inconsciente, bloqueando outros compromissos no mesmo horário, mas no meio da contenda no mezanino eu não conseguia lembrar desse compromisso. Eu não queria ir à reunião com o reitor.

Rodrigo interveio a meu favor dizendo que nenhum dos critérios deveria ser um impeditivo para quem quisesse participar da reunião. A assembleia servia para deliberarmos e votarmos em nossos representantes sem vetar as participações. As palavras dele foram um bálsamo no meio da situação que colocava à prova meus bloqueios. Marco já aparecia ali no Minhocão dizendo que eu tinha que me posicionar. *Não é possível, Jordana!* Eu margeava para dentro de mim quando vi Miguel indo para o lado de Rodrigo batendo palmas em direção às suas palavras. Beatriz atravessou o imbróglio concordando com Rodrigo e pediu que os candidatos levantassem as mãos para que a assembleia deliberasse.

Bia, Miguel, Rodrigo e Marcinho ergueram os braços com o punho fechado, o que me fez lembrar do meu pai pedindo para eu posar com o mesmo gesto nas fotografias dos churrascos e galinhadas da articulação. Em quantas fotos de infância minhas mãos pequenas imitaram aquele gesto? A lembrança arrefeceu o sangue muito quente. Estava com o olhar frio, perdido no passado e vi que Renata se virou para mim dizendo:

"Você não vai se candidatar?"

"Eu não sei", respondi, em vez de dizer que não queria. Miguel estava perto de nós e ouviu o diálogo, que era íntimo, e não público, como tudo o que ocorreu na assembleia. Renata ergueu a sobrancelha com desdém: "Você nem sabe o que quer".

"E você não me conhece", rebati dando as costas para o que me pareciam ser ecos do Sr. Marco. Eu nem sabia o que queria. Eu nunca sabia o que queria. *O menino do Leite deu a opinião dele. E você, Jordana? Vai só aceitar tudo? Parece uma lesma.* Ele tinha me matado e queria que eu fosse viva. Como era possível que a atitude do meu pai encontrasse lugar para existir dentro de uma menina como Renata? Ela tinha algo dele, entendi naquele momento. A imposição para os dois era invólucro para as fraquezas que sombreiam a força, eu saberia entender com o tempo. Se acharem que a fruta não está preparada para ser colhida, a derrubam só para provarem a si que comandam até o que deveria ser natural. Eu era fruta tolhida.

Saí da assembleia sem me despedir. Andando pelo extenso corredor movimentado, me senti mal por não ter dado um abraço em Beatriz, Rodrigo e principalmente em Miguel. Eu me fincava no limite da minha própria terra não fortificada. Segui para a reunião com a professora que precisava de bolsista para sua pesquisa. E tudo mudou quando a mulher que aduba me aceitou entre seus estudantes. Minha safra teve início neste dia.

Os ciclos têm sempre um recomeço que carece da maturação dos dias para ser apercebido e não é sempre que se notam os nodos como o nascer. Os dias seguintes ao ataque ao terreiro forçaram a partida e impuseram a separação. Jonas e Rita seguiram para a cidade levando Iran e mãe Matila com eles. Um dos irmãos de Jonas foi com a mulher e os filhos para Salvador em busca de trabalho na rota dos saveiros dos rios para o mar. Outros dois filhos não paridos pela matriarca buscaram o interior ainda mais aquém do rio na procura pelo chão que não era de ninguém. Sarita e Tonho, pais de Ramiro, e outros três continuaram trabalhando na fazenda dos Leal porque a vida costuma teimar. De todo o ruim, alguns sentimentos estavam além do domínio dos Leal e os nós seguiram. Nem tudo o que se cria destruído havia sucumbido.

Matila foi o tronco de tempo que cuidou da família semeada junto com sua finada irmã Jacinta. A velha conhecia a ventania que sempre haveria de vir às vidas, mas o que era fundamento de dentro não poderia envergar. Ela agradeceu aos ventos de Oyá que trouxeram Rita e geraram Iran. Sem eles, seu filho de alma sensível que tocava o mundo com seu sopro seria sorvido pelo amargor. E foi com Rita que Matila também pôde ser uma mulher que chora a dor. Sua nora e agora filha tinha braços para acolher e construir.

Houve nódoas nos anos na cidade. A vida pregressa de Rita ali alimentava bocas com o disse me disse do desgosto de Isabel e Manoel. A progenitora da menina que ficou para trás secretamente desejou que os Leal desistissem do pedaço de terra encardida pela ignorância, assim a antes filha não precisaria ter voltado às vistas de seu ajustado mundo. Fingir não conhecer o estorvo, que ainda cativava seu amor, era uma provação para a mãe de Iranzinho, como ela passou a repetir para si depois que a filha virou a curva de seu rio. O núcleo de Matila se instalou numa casinha nos fundos da rua obrigatória para se ter acesso à feira e isso dificultou o desvio das vistas do coração que procuravam suas heranças no neto Iran. O que a criança teria dela? Teria algo de Iranzinho? Os pensamentos de Isabel seguiam manchados por sua imagem fulcral.

A casinha de paredes azuladas que se esverdeavam de acordo com a posição do sol estava num dos terrenos do Sr. Pretextato, antigo conhecido de Matila que tinha feito riqueza considerável para quem saiu das brenhas da Beira da Mata. O homem acompanhava os tropeiros que comerciavam por aquelas bandas antes do nascimento da cidadela. Aprendeu a arte do negociar, do negacear e prosperou. Pretextato derretia a hóstia na língua e se banhava com peregum na roça de Matila sem preterir uma prática à outra. Ele cria nos poderes que estão além das mãos das gentes. Vários dos saveiros que escoavam desde peixe até abóbora para a baía da capital eram do homem de visão, que não deu as costas para quem o ajudou. Além disso, Matila lhe contou que a nora era boa com as letras, já havia estudado para a prova do grupo escolar e poderia ajudar nos afazeres do negócio. Essa informação mexeu com o homem, que sabia que seu brio de vencedor não poderia ofuscar sua visão do que tornava possível o navegar nas águas. Rita passou a lecionar as primeiras letras para os filhos dos homens que trabalhavam para Pretextato, como já fazia no terreiro.

O ganho de professora era pouco, ainda mais após a chegada do caçula José, mas sentia satisfação ao ver as sílabas se juntando em sentido para as crianças e para ela. Durante alguns anos, continuou tentando a admissão no grupo escolar em que estudou e serviu merendas a mando de dona Corália, a professora que lhe mandava decorar versos sem explicar o tutano das palavras. A aceitação jamais veio, mas a lida interior que ensina por dentro fez de Rita alguém como sempre sentiu que seria. A manutenção do que era importante para os seus era dividida entre os soldos dela e os de Jonas, que recebia por temporadas. Os concertos se concentravam nos festejos do meio do ano que tomavam conta das cidades próximas. Afora isso, só o carnaval e os regabofes dos ricos, um aqui e outro acolá. O aceno da dificuldade tinha constância na vida, e a consistência de Rita para o viver também.

Rita e Jonas não estavam sempre juntos, dadas as circunstâncias do trabalho dele, mas partilhavam o raro do sentir. Os filhos eram fortes, Matila era sábia, a amizade não lhes faltava e tampouco os sonhos. Tinham liga amalgamada pelo fogo e solidificada pelo vento. Mas faltava a terra em que todos caberiam juntos de pé outra vez. O tempo encurvava mãe Matila e espichava Iran sem que esse desejo amornasse na família. Em terra de muito dono, é difícil ter chão. Mãe Matila já vinha perdendo as forças desde que os Leal atearam fogo em sua vida e, apesar de ter aprendido com os orixás que viver é para vencer, vinha se sentindo longe desse ensinamento em seus últimos meses. A partida dessa vida não lhe causava temor, mas a ameaça da descontinuidade a adoecia. Era Rita e Matila sentia. A mãe de muitos aguardou os caminhos pedindo a Olorum que pudesse compreendê-lo, já que a explicação de sua essência e da existência é impossível. Entender que os nós também são uma costura era uma das sabedorias da avó de Iran, mãe de Jonas e sogra de Rita.

Era quarta-feira quando os odus responderam que Rita cuidaria dos fundamentos que Matila assentou pacientemente nas quartinhas no fundo da casa na cidade. A anuência de Pretextato provou que os nós dos caules não nascem sós. E Matila renasceu folha.

X

Quando cheguei da aula, meu pai e tio Leite estavam nos fundos de casa cortando panfletos na guilhotina, ferramenta da gráfica que ficava sempre lá. "A gente queria tanto que você chegasse logo. O que houve lá no grupo?", disse tio Leite, com a voz preocupada, e foi atravessado pelo Marco: "Você participou da assembleia que teve lá? Vimos no jornal". Segui em direção ao meu tio e parei em sua frente. Isso chamou a atenção do meu pai, que parou de talhar os papéis para se concentrar em outros cortes.

"Atacaram a sala, tio, sujaram tudo de merda e picharam a parede dizendo que nós deveríamos estar era na cozinha do RU", falei carregando o peso de cada palavra.

Meu tio largou as arestas de papel excedente em suas mãos e envolveu meu dia inteiro em seu abraço. Encostei a cabeça no ombro dele, olhei para o lado e vi que Marco deixou escapar uma expiração sonora, mas não foi capaz de expandir seus braços em oferta de consolo.

"E a assembleia?", perguntou ele dando continuidade ao manejo da prensa ao apertar as folhas de papel para aumentar a precisão da incisão.

"Vai ter uma reunião com o reitor amanhã. O pessoal vai pressionar para haver uma investigação séria", respondi desmanchando o abraço do meu tio.

"E você vai participar dessa reunião também? Você sabe que sozinho não se faz nada", disse meu pai levantando a alavanca que levava a lâmina a segar as folhas do papel fino amarelo desbotado. O barulho seco do aço ceifador foi a deixa para o movimento da minha cabeça em negativa.

Marco juntou a resma cortada na pilha das demais, que já estavam finalizadas. O material divulgava os saraus que a articulação fazia bimestralmente num dos bares mais antigos de Taguatinga. Os segundos que antecederam o falatório do meu pai foram diferentes naquele dia. Antes de me preparar para escutá-lo sem atenção e enfastiada pela repetição anunciada, observei o trabalho dos dois lembrando do evento e da sensação de tudo que senti quando interferi na situação da palestra. O sentido se fazia. Tio Leite colocou parte do material na bolsa de lona e se despediu antevendo que meu pai queria falar comigo a sós. Marco estava tão concentrado em sua tarefa aparadora que não levou meu tio até a porta e emendou:

"Eu não tive pai para me ajudar, Jordana. Seu avô morreu construindo isso aqui e a gente não pode cair, não", disse ele escapulindo da linha afiada que lhe era usual. Algo nele estava se cansando e algo em mim estava exausto. E era nossa relação fria como o reflexo do seu pomo de adão enrijecido na guilhotina que o refletia. Marco cortou suas palavras pela metade. Surpresa pela interrupção inesperada dos sermões conhecidos, virei as costas e saí dali.

Vi que mamãe estava na cozinha, a abracei pelas costas e falei baixinho em seu ouvido: "Entrei numa pesquisa, mãe, tem bolsa e tudo. Vou receber pra estudar".

Ela se virou colocando as mãos nas minhas bochechas, senti o aroma de alho que vinha da ponta de seus dedos. O cheiro guiou minha memória até as noites de mãe e filha em que eu a imitava cozinhando tirinhas de papel nas panelinhas de caixas de ovos que ela fazia para mim. O barraco de madeira tinha um cômodo e um sofá-cama embalava nosso sono de respirações próximas e unas. *Quando você crescer vai ser doutora*, dizia minha mãe preparando o macarrão instantâneo, que eu adorava, no fogãozinho bege de duas bocas que compunha nosso minguado mobiliário.

"Parabéns, minha filha", disse ela, que logo se virou de volta à pia atarantada com as repetitivas tarefas domésticas. Inspirei silenciosamente e fui para meu quarto me sentindo melancólica com o tempo da promessa e insegura com o da realização.

Passei direto para o banheiro. Ainda estava com as roupas da limpeza da sala, apesar de ter colocado uma camiseta limpa do grupo assim que terminamos de juntar o lixo do ataque. Observei meu rosto no espelhinho de moldura alaranjada que ficava no alto da pia e notei uma iluminação diferente em mim. Eu estava bonita ali naquele final do dia sem fim. Sentei no assento do sanitário para tirar o All Star vermelho e a calça jeans escura muito justa. Fiquei só de camiseta observando as covinhas das minhas bochechas fartas e a ilustração de uma cabeça preta com *dreads* curtos enrijecidos como lanças. O dia lancinante passou pelas minhas retinas, que encaravam o espelho num autoexame, e os acontecimentos vinham embaralhados às sensações guardadas.

O ataque do dia não tinha me jogado no chão como aconteceu na primeira aula, em que o Albernaz mostrou que eu não era bem-vinda. A comparação pobre que ele usou como subterfúgio para me diminuir na sala de aula, que eu não sentia ser minha, tinha sido mais avassaladora, enquanto a pichação direta carregada de ódio declarado, na sala que eu já sentia como minha, teve seu potencial de aniquilação neutralizado pelo grupo e pela amizade. Eu tinha novos amigos. Estendi os braços para tirar a camiseta e entrar no banho. Ao fazê-lo, alcancei um lugar alto demais para mim até ali, o da articulação para meu pai. O pensamento passou rapidamente e deu lugar às lembranças dos momentos com Miguel, na assembleia, e a aceitação no grupo de pesquisa de Teresa. As recordações recentes passavam por meus sentidos como a água do chuveiro, que parecia levar embora meu constante estado de inadequação. Quem eu começaria a ser?

O dia da primeira reunião da pesquisa chegou. Saí mais cedo porque o ônibus até a casa de Teresa era diferente. Lamentei a falta da companhia de Rodrigo durante o trajeto, mas o encontraria após a reunião para o ato de "libertação da sala" que o grupo estava organizando como uma das respostas ao ataque. Ao chegar à parada, pensei que estava desconfortável com a ideia de ir ao apartamento da professora e ao mesmo tempo curiosa. Olhei para o chão e fitei a sapatilha preta mais formal que eu costumava usar para sair, era de material sintético, mas aparentava ser de couro. Eu queria estar apresentável e só conseguia me sentir desconfortável.

A hora que levei para percorrer o trajeto passou célere e logo as quadras esvaziadas de gente e barulho, que sempre me deixavam apreensiva, surgiram na janela do ônibus. Havia um medo de errar tão presente que controlava meus movimentos de uma forma invisível. Eu desci na W3 Sul e segui por entre as quadras, já em busca da placa que mostrava a localização dos blocos. *Sempre procure as placas porque essas letras podem não fazer sentido.* As instruções do meu pai emergiam de uma memória que eu queria esquecer. Aprendi a andar por ali quando ele me buscava aos finais de semana para visitá-lo no apartamento em que tinha ido morar com outra mulher na época em que nos deixou. Essas visitas eram tão esporádicas que cada uma parece ter ganhado detalhes mais vívidos que os acontecimentos vividos. O bloco de Teresa era o D e de longe vi que o pilotis brilhava como os do prédio de Solange, a mulher do Marco naqueles anos infantis. Eu não planejava esses pensamentos. Eles chegavam sem minha permissão e era difícil me desvencilhar da desordem que me causavam. Ali tudo estava organizado e minha bagunça interior acentuava meu comedimento exterior.

Pisei o chão claro de brilho excessivo e inalei a fragrância da cera recém-aplicada. O cheiro era da falsa gargalhada estridente da Solange de cabeleira vermelha e ossos que pareciam quinas destinadas a me machucar. Repassei meus passos na cabeça e segui até a portaria.

"São quantas horas?", perguntei ao porteiro de supetão.

"Nove e meia, já está tarde para pegar no serviço, né?", disse o porteiro com um sorriso frouxo como sua face marcada por fundas linhas de expressões, como é comum em peles claras demais.

"Mas só começa às dez", respondi. Depois que minhas palavras saíram é que entendi a situação. O homem supôs que eu estava ali para preparar a mesa e servir o café de algum morador. "Vou ao apartamento da professora Teresa, pode interfonar lá", disse mareada pela cera e pelo olhar amarelo do porteiro, que fez o que eu pedi me analisando com desdém.

Apertei o botão do sexto andar no elevador e segui constrangida pelo adiantamento. O plano era esperar pelo horário correto sentada embaixo do prédio, mas as lembranças ruins do passado e as experiências infames do presente mudaram tudo. Não havia planejamento que desse certo quando eu estava ansiosa e era ruim estar à mercê daquelas situações. A culpa não tem ordem. Haveria um jeito de parar o movimento que espezinha por dentro e por fora? Já me atravessava quando precisei deixar a culpabilização no capacho. Teresa abriu a porta e os braços para mim.

"Entre, querida, fique à vontade. Aguarde um minuto enquanto vou buscar um café para nós", disse ela, virando as costas e deixando o rastro de óleo de amêndoas que exalava do seu cabelo crespo volumoso e arredondado no compasso.

O piso de taco era fosco e tinha uma mescla de detalhes longilíneos claros e escuros que pareciam encaixados pela mão da sofisticação. Os livros de uma vida dispostos numa estante de madeira clara coloriam a sala junto aos quadros apresentados como um flerte à desordem com seus tamanhos destoantes e sua mescla de artistas abstratos e realistas. Eu não quis me sentar e continuei de pé para absorver os detalhes da decoração composta por alguém que conhecia o mundo. Fixei os olhos numa fotografia que se destacava em um dos nichos da estante. Havia duas mulheres e um menino, fortemente agasalhados, sentados num gramado verde bem regado. O sorriso daquela criança me fez querer pegar o porta-retrato para vê-lo de perto.

"O que você está fazendo aqui?" Aquela voz precisa na calma transpassou o corredor até a estante numa fração inexata e ligeira de tempo, suficiente para meus sentidos passarem a desprezar meus comandos.

"Miguel?", falei, erguendo os ombros num susto ridículo.

A partida de Matila e a viagem de Iran não foram um susto, mas nem por isso magoaram menos. Rita sentia tudo antes, era sua sina no mundo. Entre o aqui e o lá, o terreiro e a cidade, o amor e a falta dele, havia os interregnos. No meio de tudo que não era o fim, os cismas que reordenam a vida pareciam puxá-la para um lugar diferente agora que a substância dos mundos começava a riscar de grisalho seu cabelo armado. Iran era homem feito e escolhia por si como ela havia feito antes. A escassez da possibilidade do fazer é incompatível com a terra fresca da juventude. Ela sabia que ele não ficaria ali desde que aprendeu a arar-se. O filho, herdeiro das mãos precisas do pai, acariciou com dedos de mel os fios capilares da mãe e a olhou com a força dos olhos de Jacinta antes de partir. A lembrança veio com o toque doce: "Ele já era bisneto de Jacinta mesmo quando não estava aqui", disse Matila para Rita ao vê-lo nascer. Iran pegou a mala remendada do pai, beijou as contas da mãe, pediu a benção e partiu. A mãe o viu subir na carroceria lotada de homens rumo ao lugar desconhecido onde seus braços tinham a promessa de valer. A pequena mulher pegou no colar de miçangas vermelhas beijado por Iran e pensou que, ao filho, sempre disse o que era importante dizer. Rita avistou o caminhão ficando pequeno numa velocidade nova para o tempo de seus olhos.

Iran tomou a decisão da partida como quando o piauçu abocanhava o anzol. Não há tempo para pensar, é preciso puxar a vara no intervalo de uma piscada para conseguir pegar o bicho. E era isso que ele queria: pegar,

pegar tudo, ter. Não queria mais ser chamado de moleque. Não queria mais ficar numa terra cheia de mando onde seu saber não servia. Iran vingaria.

O falatório sobre a construção da cidade nova não parava. Só se falava nisso na estação, na feira, no coreto. As histórias sobre ela só aumentavam a curiosidade de quem, como ele, estava na fase que mistura coragem, obrigação de ser homem e necessidade de ser mais gente. Seus poucos anos eram frescos e aquele canto do mundo tinha pouca brisa. Quando soube que o Baru estava levando gente para lá em sua boleia, tratou de se meter.

Iran subiu na cabine do veículo trôpego rumo à cidade da esperança. Viu a mãe, com as mãos fechadas na altura do peito, ficando pequena rápido demais. A última coisa que ficou para trás foi a imagem das águas, que ainda podia ser vista de longe em muitas cidades. O rio atravessava as cercanias e pareceu correr com Iran por entre alguns morros até se perder de vez no contorno das terras comandadas por alguém que dizia que ele era ninguém. Iran se sentia bem por deixar isso para trás porque seu filho não sentiria o chute e o fogo daquelas botas. Era boa a sensação do vento da mudança passando por cima da sua cabeça na caçamba do caminhão carregado de homens com igual vontade de vencer. Os dias de suor e as noites de sereno se sucederam inúmeras vezes, enquanto a altura da copa das árvores ia diminuindo na encosta das muitas estradas de chão batido. Iran reparou que seus troncos começaram a se retorcer e pensou que sua mãe acharia bonito aquilo de ser torto e estar vivo.

As chacoalhadas da boleia venceram seu corpo exausto, que pedia mais farinha de puba com rapadura. Os roncos que saíam das trinta bocas ao seu redor não interromperam o sonho do Iran moço forte para o mundo. O sono da exaustão o levou à lembrança dos estalos do fogaréu em sua casa primeira. Os homens que provocaram o incêndio pisoteavam o peito do menino no pesadelo até que seu pai viesse para enfrentá-los. Iran sentiu o ar quente do respirar de sua vó bem perto do ouvido, que lhe disse: "Meu menino com olhos de Jacinta, vá e se alembre". Lá dentro do sono, sua voz de criança perguntou: "De quê, voinha?" "De sua casa", respondeu Matila. Iran abriu os olhos e viu o negrume da noite ser atravessado por uns tantos vagalumes que giravam em cima da carroceria do caminhão. A fome tonteou o jovem outra vez e ele cochilou.

Os mantimentos nas caçarolas amarradas nos panos foram rareando. A carne seca durou só no começo, os beijus de manteiga de garrafa e as bolachas pretas também. Os dias eram segurados pela rapadura e pela farinha de puba com o café ralo passado no fogareiro dos motoristas durante as pausas para esticar as pernas e encher os tanques com os tonéis levados. Quando o ronco da barriga e a fraqueza pelo sacolejo não arredavam o pé, o caminhão finalmente estacionou no derradeiro acampamento do grupo: "Cidade Livre", dizia a placa branca de letras pretas que Iran leu com satisfação em alta voz.

"E tu sabe ler, é?", disse um dos cabras da viagem ao ouvi-lo.

"Sou filho de professora", respondeu lançando seu olhar corisco em tudo ao redor.

Ainda no alto do veículo, ele viu os inúmeros telhados que cobriam os barracos de madeira desordenados perto de onde Baru estacionou junto à frota que arribava a terra livre e fina que cobria tudo. O jovem esfregou as palmas das mãos pensando consigo: *Pó de terra livre é melhor que o da Bahia, que já tem dono*. A poeira vermelha cobriu sua calça bege de brim quando Iran saltou em Brasília.

XI

"Essa cidade é mesmo pequena, hein?", disse Teresa ao voltar à sala e ver que eu e Miguel nos desenlaçávamos de um abraço com os olhos arregalados tentando entender a coincidência.

"Você é filho dela?", perguntei apontando para Teresa, que entregava uma xícara para mim, enquanto pensava que o sorriso do menino da foto era familiar não por acaso. Era o sorriso da certeza. Era a boca de Miguel.

"É meu filho, sim, querida, fico feliz de ele ter amigas como você", respondeu Teresa, enquanto Miguel nos olhava com os lábios avermelhados entreabertos. "Que massa!", disse ele nos deixando a sós para a reunião. Sorrindo para minha cara embasbacada, Miguel avisou que me esperaria para irmos juntos para a UnB e voltou ao corredor de onde saiu.

Sentadas no sofá que nos permitia admirar a vista através da grande janela de vidro, comecei a responder algumas perguntas breves de Teresa, que me deram a impressão de que ela ainda não havia me escolhido como bolsista.

"Você mora onde mesmo, Jordana?", perguntou.

"Em Taguatinga, professora", respondi sem entender a intenção por trás daquilo.

"E é cotista, não é?", emendou ela, e sorriu quando viu meu sinal positivo com a cabeça. Aquela mulher de sensibilidade afiada, vestida um kaftan de seda carmim que me seduzia ao toque, percebeu meu estranhamento.

Teresa segurou minhas mãos, que já tinham deixado de lado a xícara, e disse que faríamos uma pesquisa sobre a história dos trabalhadores que ergueram Brasília. Essa parte eu tinha entendido quando fui selecionada e não havia surpresa, mas ela prosseguiu: "Acontece que o ataque racista à sala do grupo mudou o rumo da ideia", disse Teresa, ajeitando a disposição dos dois grandes livros de arte sobre a mesa de centro. Eu estava ansiosa porque Miguel me esperava e por entender as mudanças naquilo que eu nem sabia direito do que se tratava. "Aquela pichação merece a resposta mais audível possível, querida", disse ela. "Como assim eles acham que a gente tem lugar xis pra ficar? Tudo aqui nós levantamos, querida, tudo mesmo e já passou da hora de mostrar!"

Teresa contou que Miguel havia participado da reunião com o reitor e sugeriu ao grupo que uma das pautas fosse a exigência de recursos para que eles fizessem algo sobre a história dos trabalhadores negros na cidade, na universidade, em tudo. Senti uma empolgação que me deu vontade de correr para casa e contar aquilo ao meu pai. O vô pulou na minha cabeça de repente. Ao mesmo tempo que senti o salto da memória desconhecida, mas sentida, arrefeci o impulso com a lembrança da perene cobrança estreita do Marco.

"O que me diz?", quis saber Teresa envolvendo minhas mãos novamente.

"Vamos trabalhar!", respondi abrindo espaço para o sorriso solto que me invade sempre que o entusiasmo vem me expandir.

Teresa se levantou ao ver o filho voltando à sala e disse a ele que meu sorriso era fantástico. Entreolhei a reação de Miguel, sem querer revelar o que pretendia esconder até de mim, e espalhei bem-querer por dentro ao ver sua expressão de concordância. A mãe de Miguel recebeu uma ligação que parecia urgente, me pediu desculpas pela correria e se despediu de mim com um abraço de óleo de amêndoas doces. Teresa deu um selinho nos lábios do filho e saiu do apartamento apressada.

"Você é muito inteirada para uma caloura, hein, preta linda?", disse Miguel se aproximando com movimentos que exteriorizavam seu magnetismo e aumentavam minha ânsia por beijá-lo, que eu sentia desde nossa tarde na biblioteca.

"Será sorte?", respondi com os olhos fixos em sua boca, que preenchia minha noção do belo no conteúdo e na forma.

"Influência da Beyoncé, aposto!", retrucou ele soltando uma gargalhada larga como seus ombros fermentados pelo melhor do esporte.

"Você lembra?", disse chegando mais perto.

Miguel deu passos suficientes para que uma espécie de reflexo distorcido do sol no asfalto invadisse o ar de apartamento que ainda nos separava. Nossas cabeças se inclinaram, cada uma para um lado, numa natural automação programada para que as bocas se cruzassem no eixo certo. A quentura desprendida das línguas, que buscam o movimento pioneiro, fundou o novo no líquido e no sólido. O beijo de magma rubro-terroso me juntou e me partiu.

Minha imaginação catalisou a experiência concreta de maciez íntima. Beijar Miguel foi ainda melhor porque o esperei ativamente em meus pensamentos incapazes de o fixarem só na cabeça. Ele me andava inteira por dentro. O carinho maleável desbravado no cômodo amplo me fez querer avançar e a concentração de Miguel na condução da troca revelava que a expectativa não tinha sido solitária. Eu quis mais de todos os cantos de sua pele lisa e de atrito quente. O beijei mais e me colei mais até que ouvimos um barulho de chaves do lado de fora do apartamento. O prazer quase livre que senti foi condenado pela iminência da aparição de Teresa, que me trouxe também Renata. *Que merda é essa que eu estou fazendo?*, pensei empurrando Miguel, que não recuou dizendo que era só o vizinho. E se fosse Teresa? Talvez fosse ele a me empurrar não por se constranger com a mãe, mas com Renata. Menti que não queria mais e me dirigi à saída querendo ficar. Desejei seu convite ao retorno e ensaiei negá-lo, mas não foi necessário. Miguel não insistiu e isso desestabilizou minha ordinária autoestima ruidosa. Saí do apartamento sem ter coragem nem de bater a porta.

Caí de volta no pilotis entremeada pelos ruídos da cidade e dos acontecimentos. Andei a esmo sem dar conta dos meus passos que voltaram para a W3 Sul. Vi um ônibus se aproximando, do outro lado da pista, e corri para alcançá-lo quando li que seu destino Taguatinga. Embarquei decidida a voltar para casa. Não havia lugar na UnB em que eu estivesse a salvo da culpa que me puxava pelo punho como as mães fazem com as crianças para atravessar a rua. Não adianta pegar pela mão. É a compressão do pulso que garante a travessia segura para longe do perigo de se deixar soltar ou ficar. O caminho longo, abreviado pelas vias esvaziadas do meio-dia, foi trazendo desculpas que me apartavam da culpa pelo indevido. A insignificância de um beijo e a amizade capenga de Renata apertaram meu pulso e entendi que as estratégias para lidar com nossos deslizes exigem certa manobra infantil.

O telejornal vespertino era exibido para as duas almofadas estampadas com cavalos marrons de crina esvoaçante que ficavam sobre o sofá de napa da nossa sala. O móvel foi comprado quando Marco e Fran reataram o casamento interrompido para que a juventude dele fosse aproveitada, como ele disse a ela quando bem entendeu. E que, por sua vez, ela disse a mim quando eu supostamente poderia entender. A loja grande no centro de Taguatinga era de um cliente e foi lá que ele escolheu o conjunto com o sofá, o rack de madeira escura com vidro fumê no meio assim como a mesa de centro. Ela não escolheu móvel algum da sala montada para nos recompor e foi assim que deixamos o último dos cortiços em que moramos. Mamãe não estava ali assistindo às notícias do jornal que mais gostava. Eu seguia pelo corredor quando ouvi um fungado baixo que vinha do quarto dos meus pais. Empurrei a porta entreaberta e procurei minha mãe enquanto meus olhos aceitavam a insuficiente luz que atravessava a cortina volumosa. Ela estava de camisola e encolhida na cama. Aquilo não estava bem.

"A benção, mãe", disse me deitando na cama também. Ficamos frente a frente e não ouvi bem a resposta que foi mais um gesto. O choro dela era seco. Notei que seus olhos estavam úmidos, mas não havia rastro de lágrimas nas maçãs do rosto. Toquei sua face com o dorso das mãos e lembrei que ela fazia isso sempre que minhas intensas emoções de criança exigiam sua instintiva expertise materna. Mamãe dizia para eu chorar o quanto quisesse e precisasse naqueles quatro anos em que fomos duas contra o mundo. "Chorar ajuda a jogar fora, filha", dizia ela emendando uma história de sua infância que assombrava a minha. Aos sete anos, Fran foi dada pela mãe para outra mulher. A fome e a miséria impuseram a decisão, que maltratou muito minha avó, que precisou tomá-la para que mamãe pudesse comer e estudar. "Eu chorei tanto que vomitei a galinha com arroz que me deram quando cheguei lá na mãe Salete", contava ela. Sua face seca me fez imaginá-la pequena, chorando e comendo com medo e saudade. Nessa refeição, ela jogou fora o que não era de seu mundo conhecido e entrou em outro para ser a cria que ajudaria a cuidar dos filhos da nova mãe. Fran passou a lavar, engomar e cozinhar na casa onde crianças rosadas eram felizes e comiam galinha sem pranto.

Levantei da cama e abri a cortina para que a penumbra diminuísse.

"O que aconteceu, mãe? A senhora estava boa", perguntei segurando suas mãos finas pelo contato com alvejante.

"Nada", se limitou a murmurar apertando os olhos contra o avanço da iluminação ali.

"Não é verdade, mãe. Tudo, tudo está deixando a senhora assim, tudo", disse me levantando e querendo o fim da letargia em que ela se perdia nos últimos tempos, principalmente nos em que eu comecei a enxergar mais.

"A senhora precisa fazer algo para melhorar. Meu pai não está nem aí", falei pegando a água da moringa que ficava no quarto e enchendo o copo de alumínio que lhe servia de tampa.

Minha mãe empurrou cada gota garganta abaixo e falou: "Estou melhorzinha, hoje mesmo vou ao centro espírita com a Bené de novo", disse recompondo o laço do robe sintético vermelho diluído que já teve brilho.

Eu sabia que ela estava indo às sessões espíritas, não era um segredo em casa, mas era a primeira vez que a via relacionando seu bem-estar a alguma ação própria. A novidade melhorou o dia bagunçado e pedi para acompanhá-las. Coloquei a faixa de seu robe entre meus dedos indicador e médio num movimento lento de sobe e desce, que eu repetia usando a ponta lisa do cobertor quando dormíamos coladinhas na bicama do barraco. Voltei ao quarto quando a pigmentação que fugia do tecido me fez pensar em Teresa e nas cores que pulavam até ela para ficar.

"Vou estudar um pouco. Quando a tia Bené chegar, me avise, estarei pronta", pedi saindo do quarto para desligar as imagens da televisão na sala.

Tia Bené chegou avisando que era noite de palestra no centro e achei bom para minha primeira vez numa

reunião espírita. Chegamos adiantadas ao prédio azul-
-cemitério que ficava perto de casa e seguimos tia Bené
até a sala ampla com um quadro verde e várias cadeiras
vazias formando um círculo.

"Eu já ouvi a história dessa moça. Ela tem muito a nos
ensinar", disse minha tia, adepta do espiritismo desde a
mocidade. Ela sempre contava que levou tio Leite para o
centro e ele a levou para a articulação. Era um casal que
se fazia bem. Ela saiu e voltou com uma xícara de chá
de hortelã para mamãe, que parecia fazer orações. Fran
estava tentando. Aquilo era novo e bom.

Eu afastava Miguel dos meus pensamentos insistentes, no momento que precisava ser meu e da minha
mãe, quando uma mulher madura e alongada entrou na
sala. Tia Bené nos contou que aquela era a palestrante
convidada de outro centro e fiquei curiosa com a escolha
pelo vestido lilás longo, no comprimento e nas mangas,
que ela usava naquele calor da seca. A moça começou a
falar do cotidiano com seus filhos e marido projetando
fotografias da família na parede e descrevendo a personalidade e o sonho de cada um. "João ama tomar sorvete
com os olhos fechados." Achei o menino espetacular por
controlar um sentido para potencializar o outro. "Meu
menino morreu na hora da batida, nem foi levado ao
hospital", contou ela alguns minutos depois enquanto
eu ainda pensava em como é sublime comer algo que
gostamos fechando os olhos.

A história da palestrante era de dor e horror. O carro
da família capotou a caminho das férias matando as três

crianças e o marido. Ela lutou pela vida durante meses numa cama de hospital. As marcas de queimadura em todo o seu corpo passaram a narrar parte da história que ela agora vivia e contava. Suas perdas eram irreparáveis, mas sua crença nas vidas, no amor e nos mundos extrapolavam os sentidos conhecidos trazendo novos significados para mantê-la de pé.

Os olhos para sempre fechados do menininho que eu não conheci me deixaram melancólica e apreensiva. O que se passava na cabeça da minha tia para tentar ajudar minha mãe com histórias que amortecem crenças? Deitei as vistas nas duas amigas por dentro e por fora entendendo ali, sem compreender o porquê, que era o gesto de cuidado da Bené que ajudava Fran a buscar impulso para saltar da tristeza crônica.

"Será que isso ajuda mesmo, tia?", perguntei com a voz baixa enquanto mamãe andava mais à frente.

"Atrapalhar não vai. Nana, Leite convenceu seu pai de ir pra Caldas com ela. Há quanto tempo não mudam o ambiente?", perguntou minha tia, a quem minha mente deu uma resposta automática, mas sem externá-la:

Nunca. Precisei de mais tempo para acessar os significados daquele momento de histórias sentidas no dia em que fui beijada duas vezes.

Iran se transformou, em Brasília, por dentro e por fora. A primeira noite no alojamento não convocou a companhia das recordações e das projeções porque o cansaço o levou a tombar por completo no fino colchão de capim que recebeu após fazer o cartão de identificação. A presença dos percevejos foi notada pela manhã, quando o filho de Rita abriu os olhos para se coçar e viu as picadas nos braços que revelavam as menores de suas marcas na capital da esperança. Ele firmou os pés no chão ao se sentar e encurvou o pescoço para não bater o coco na cama de cima do beliche que guardou sua noite de sonhos atravessados.

Iran pensou que o primeiro dia não foi como havia planejado. "Sei ler e escrever", disse ao homem de cabelos ondulados oleosos emplastrados pela poeira, encarregado da identificação.

"Servente, todo mundo começa como servente", respondeu o sujeito com a boca torta de riso irônico conhecido.

A lembrança recente fez Iran se levantar como quem ergue o azul-noite, como suas contas, para sacudi-lo e dar início ao anil-dia. O jovem tocou os pés antes de calçar as alpercatas e seguir para o refeitório.

Era cedo e o lugar já estava abarrotado de homens que faziam fila para pegar uma caneca de ágata com quatro dedos de café ralo ou uma média e um pão dormido. Iran olhou ao redor procurando os colegas de boleia, mas não os viu. Era preciso se adiantar. Um homem, com um grande curativo no olho direito, mergulhava o pão para amolecê-lo no café, enquanto seu olho são estava perdido no tilintar das canecas com as bandejas. Iran se sentou em frente a ele, que reconheceu seu ar desnorteado. Comendo o pão e bebendo a média, o neto de Matila encarou a pupila boa do homem e perguntou:

"Como magoou o olho?"

O homem terminou a ração sem acabar com a fome, se levantou do banco corrido de madeira e respondeu:

"Tu vai ver."

O que Iran via era que sabia ler, escrever e daria um jeito de mudar a designação como servente. Assim que saiu do refeitório, se viu no cruzamento congestionado de cabeças, rodas e pó onde conheceu mestre Flávio. O homem, que poderia ser seu parente pela solidez da pele escura, usava um macacão com um crachá pendurado no bolso direito e carregava uma maleta marrom. Iran decidiu observar para onde ele ia para descobrir do que era encarregado. Achou bom ver um preto com crachá e ferramentas que não fossem apenas uma pá e um corpo inteiro. O homem parecia aperreado, andando com passos largos até parar em frente a um caminhão que anunciava "Departamento de Força e Luz (DFL)" na carroceria. Enquanto o homem punha a maleta de couro em cima do capô do veículo e a abria, Iran se apresentou:

"Me chamo Iran, cheguei ontem, sei ler e escrever."

"Sou Flávio. Muito bem, Iran. E você tem medo de altura?", perguntou o homem botando reparo no pescoço do novato, que lhe respondeu não ter medo de nada. "Mas tenha das línguas. Por aqui não convém dizer que é espírita", disse Flávio no tom mais baixo que conhecia se aproximando de Iran e pedindo que o rapaz o esperasse por uns minutos.

O neto de Matila queria saber o que conviria dizer ali na terra nova enquanto observava os movimentos de mando daquele homem, que entendia dos orixás também.

Flávio instruiu os ajudantes e perguntou como Iran estava de serviço. "Te colocaram de servente?"

Iran assentiu com a cabeça sem temor. Flávio abriu a maleta, que guardava um emaranhado de fios coloridos, fitas pretas, alicates de pontas finas, umas lâmpadas, um retângulo de plástico amarelo com um ponteiro que lembrava a bússola que seu pai levava nas viagens com a Jazz Jonas, uma luva encardida grossa e outros objetos que seriam íntimos dele dali para frente. Dos bolsos laterais tirou umas cartilhas enroladas.

"Você vai estudar isso à noite e hoje vai olhar como é", disse Flávio.

Iran passou o dia se deixando marcar pelos gestos laborais do novo amigo com ar de antigo. O grosso era fazer a ligação de energia na fileira de postes plantados na avenida larga com prédios crus de um lado e do outro. O caminhão deu uma ré e parou rente ao poste. Uma escada fincada na caçamba começou a subir sob o comando da alavanca manejada por um dos rapazes do departamento. Iran colou os olhos no mestre subindo degrau por degrau com a alça alongada da maleta a tiracolo. Lá do topo, Flávio assobiou para Iran subir e, antes que suas pernas traíssem seu cérebro decidido, o rapaz que nadava e corria na Bahia deu ali de voar. Sem olhar para o chão ou para o céu, Iran manteve a cabeça reta até botar as mãos em mestre Flávio, que lhe esperava no topo.

"Mas é valente", disse o eletricista animando o homem de pouca idade com excedente de coragem.

Flávio segurou três fios cabeados que precisavam descer pelo conduíte no interior do poste até a caixa de energia e falou: "Tem que ver se no fio neutro não tá passando corrente mesmo".

Iran balançava a cabeça tentando se concentrar nas mãos do homem, que pegou o aparelhinho preto retangular com um fino ponteiro na bolsa e encostou os fios nele. O jovem contou: dois passando corrente e um não. Tentou guardar suas cores. Flávio explicava que o que não tinha corrente ficaria sem fusível e que era necessário checar as bitolas certas de cada fio para instalar as chaves. O vocabulário sem energia e os dedos enluvados, que seguravam miudezas, deixaram Iran agoniado pela incompreensão do código de valor.

"O resto é lá na caixa", falou o mestre apontando para baixo.

A descida foi pior porque sua confiança havia sido conduzida daqueles fios para a terra. "Amanhã você faz igual para o encarregado e o emprego é seu", disse Flávio esfregando as mãos ainda vestidas.

Iran coçou a nuca arremedando firmeza.

O mestre não conseguiu mais manter a troça quando disse ao novato para estudar a cartilha à noite e aprender com ele no serviço de dia.

"Se acalme que o que tem mais é instalar caixa de luz e distribuir os pontos naquele bichão lá do meio", falou Flávio rindo e batendo nas costas de Iran, que respirou aliviado para o gaiato que lhe apontava um emaranhado de ferros que formavam duas enormes colunas no formato da letra H, *de homem*, Iran pensou. O rapaz tentava entender o que eram as conchas riscadas de ferro, uma emborcada para cima e outra para baixo, que cercavam o prédio de letra. Enquanto sua alma era marcada pelo fundo laranja-de-sangue do céu, viu Flávio colocando uma pequena lanterna em suas mãos de aprendiz e explicando que era para o estudo.

"Obrigado, mestre Flávio", disse o filho de Jonas que, por alegria, teve saudade do pai.

XII

A rotina de leitura e estudos invadia as noites no meu quarto, que ainda era mais adolescente do que eu me sentia. A luminária que comprei, à época do vestibular, com o dinheiro do trabalho na mercearia, me trazia uma sensação de conforto simples e indispensável. Não sei como passei tanto tempo lendo com a força débil da lâmpada do meu dormitório de menina que não solicitava nada para melhorar seu bem-estar. Quando eu troquei a caixa registradora do seu Macéa pelas aulas particulares de reforço, aproveitei ainda mais o prazer de acender a luz que jogava seus feixes para as letras e papéis que se refratavam para minha imaginação. Esses momentos preencheram a semana desde o beijo até que eu visse Miguel novamente. E em todas as noites o calor do fulgor que era meu deixava nítido o contorno das sensações daquela experiência.

A reunião estava marcada para acontecer em frente ao auditório Dois Candangos. A mensagem de Teresa no e-mail foi enviada para as pessoas do grupo e ver os endereços da Renata e do Miguel lado a lado na tela agitou o estado de indiferença inventada que meu autoengano organizou no escuro. Beatriz estava sentada no jardim estreito que separa o auditório das salas de aulas da Faculdade de Educação e de longe apreciei estar cada vez mais amiga de uma mulher como ela. Nossa proximidade foi iluminada pelos acontecimentos e pela afinidade em dividir um mundo particular. Hoje penso no quanto quis ser amiga de Renata quando a conheci e o quanto a vida me trouxe a amiga que sempre quis ter sem precisar me submeter a nada para isso. O grupo estava todo reunido, exceto por Renata, quando Teresa e seu filho chegaram. Havíamos levado as cadeiras de uma sala de aula para lá e começamos a ouvir nossa orientadora falar sobre nossa grande tarefa sem delimitar os caminhos, apenas os iluminando para que pudéssemos pensar e trabalhar.

A ideia da exposição era ambiciosa. "Não adianta iniciar e esmorecer com as dificuldades que surgirão. Ou vamos até o fim ou nem começamos", dizia a voz ao mesmo tempo assertiva e tranquila de Teresa. O jeito dela de convidar o melhor de nós a se manifestar era contagiante e nossa empolgação em construir nosso concreto era algo bonito de se ver. Os estudantes passavam e às vezes paravam para entender o que acontecia ali em frente ao auditório que me fazia pensar no meu avô avivado pela boca do filho que não o conheceu. Minha timidez ainda não havia sido dissipada pela segurança ofertada pela amizade e guardei o sentimento de pertencer só para mim naquela tarde de movimentos.

Teresa começou a dispor as tarefas para que nos organizássemos quando Renata chegou sem demonstrar preocupação com o atraso e ficou ao lado do Miguel.

"Posso ir ao arquivo público com Marcinho", se manifestou Beatriz, que tinha intimidade com esse trabalho por ser historiadora.

"Vou ao arquivo do jornal e posso ver exemplares de revistas antigas nos periódicos da biblioteca", disse Rodrigo olhando e virando o corpo para mim.

"Fico contigo na pesquisa das revistas, Rodrigo", combinei com ele num tom de voz que pôde ser ouvido por Teresa.

"Miguel, você pode fazer fotografias das cidades-satélites, o que acha? Taguatinga, Ceilândia, Gama e Planaltina não podem faltar", instruiu Teresa e o filho concordava.

A minha expectativa era que Renata se juntasse a ele, como eu queria e não fiz, mas ela nos surpreendeu: "Tenho um concurso chegando e não vou poder ajudar dessa vez". Renata bateu em retirada da empreitada com muita tranquilidade, mas não esperava a reprimenda de Teresa:

"Você sabe que admiro sua força de vontade, querida, mas há casas que precisam de muitas mãos para serem erguidas."

Nossa obra começou. Os encontros com Rodrigo na biblioteca iam e vinham sem que nossas descobertas, naquelas páginas antigas de ar adocicado pelo correr dos dias estáticos, nos envolvessem pelo êxtase que nasce da feitura inédita. Rodrigo era como o doce preferido que nunca é ruim, mas não surpreende. Os sabores que explodem a ponto de manifestar reações desconhecidas ficavam cada vez mais distantes quando estávamos próximos. Eu não dava espaço para que ele falasse do beijo durante a festa do grupo, lembrava dele sem esquecer o sabor do outro e talvez a memória repetida do gosto tenha atraído o filho de Teresa. Quase duas semanas após o início da nossa pesquisa, recebi um e-mail de Miguel dizendo que iria fotografar Taguatinga no sábado e me convidando para ir com ele. A esperança é inerente ao gostar e tem fundação própria. Marquei com ele no fim de tarde luminoso do sábado seguinte.

Miguel estava com sua bolsa de fotógrafo a tiracolo, o que dava a impressão de que seu tronco entortava para a esquerda. Ele passou pela catraca do metrô da Praça do Relógio na hora marcada e o abracei sentindo o suor de suas costas absorvido pelo algodão da camiseta do grupo que ele vestia. Disse a ele que seria bom irmos à Praça do DI. Secretamente queria compará-lo aos velhinhos jogadores de dominó, mas a verdade era que a movimentação do lugar aos sábados nos renderia boas fotos para a exposição.

"Você é quem manda aqui, preta!", disse Miguel segurando a câmera no peito enquanto terminava de fotografar o grande relógio do centro.

"Em alguma coisa nessa vida eu tenho que mandar mesmo", respondi sorrindo andando em direção às vias que dariam acesso ao nosso destino.

"E por que não manda sempre?"

"Você sempre consegue?", devolvi a indagação querendo saber se ele era tão apto para o comando como seu andar anunciava.

"Mas não é melhor tentar?"

"Nem toda tentativa dá direito ao erro", falei compartilhando uma das minhas impressões mais fundamentais.

Minha cidade me firmava e a confiança em sabê-la mais que ele esmaecia o receio fundado em mim nos tempos em que Taguatinga ainda tinha cortiços. A pista de skate da praça estava repleta de meninos trajando o preto obrigatório do grupo que era o meu até pouco tempo antes. Vi alguns colegas da escola e do cursinho e os cumprimentei de longe enquanto Miguel fotografava. Ele parecia mais interessado nas pessoas que na praça em si e seu desejo de alcançar o próprio dali era uma explosão do sabor desconhecido. Eu pude vê-lo. Os gestos dele tinham a quantia certa da substância desconhecida que eu queria ter.

Os postes já estavam acesos quando disse a Miguel que poderíamos ir ao Teatro da Praça para vermos a noite acontecer.

"A cicerone é você", disse ele com uma cadência extra no dito que guiava o enredo conjecturado pelos meus sentidos sem pausa.

A pequena praça que ligava o teatro à biblioteca pública estava cheia de gente que aguardava um show. A reunião sem ordem da juventude disposta onde cabia a junção de todos acontecia e fiquei feliz pela coincidência de levar Miguel ali numa noite daquelas.

"Nana! Não acredito!", disse meu amigo Sandrox vindo em nossa direção assim que me reconheceu entre as gentes.

"Que saudade e que bom te ver! Vão tocar hoje?", perguntei abrindo os braços para alguém que sempre criou mundos.

"Vamos, sim. Cê tá muito sumida com essa história de UnB", disse meu querido amigo.

"Que nada! Não tô aqui? Esse é o Miguel", falei apontando para meu acompanhante, que engatou uma conversa sobre a câmera com o Sandrox, que logo foi se preparar para a apresentação da banda. Eu conhecia muita gente ali, porque o papel imposto de alcoviteira na adolescência me introduziu no universo particular dos primeiros flertes. Sempre havia alguém interessado em uma das minhas amigas, quase todas brancas, para as quais eu era uma ponte para os pedidos e um ouvido para as repetidas descrições pouco originais dos beijos e das cenas que os seguiam. A recordação trouxe Renata e meu interesse instantâneo por ela carregado da vontade de deixar de ser só o coro para as encenações alheias. Eu e ela sabíamos os fios que conduziam nossa energia em comum, mas afastei o raciocínio. Ali, com Miguel, não era nisso que eu deveria pensar.

"Você conhece gente pra caramba, né, Nana? E fica escondendo o jogo lá na UnB...", falou Miguel, dando ênfase ao apelido que não conhecia, quando já estávamos dentro do teatro dando por encerrada a sessão de fotos.

"Não escondo nada, só preciso de tempo para me soltar", respondi fazendo uma conchinha com as mãos numa tentativa inútil de isolar o som da minha voz e chegando perto do ouvido de Miguel, ato que revelou a manchinha marrom que ele tem no lóbulo esquerdo da orelha.

"Você é linda solta! Agora que eu não vou conseguir te ler mesmo", falou Miguel se virando para mim e desfazendo a concha de dedos.

"Taguatinga não tem tanto mistério, pare com isso."

"Eu não conheço quase nada aqui", disse Miguel balançando a cabeça negativamente e sorrindo constrangido pela própria ignorância.

"E da Ceilândia?", perguntei e imediatamente me arrependi. Era a cidade da Renata.

Miguel negou fazendo um movimento comedido de não com o pescoço e conduzi a conversa para um rumo diferente, mas nem tanto:

"Meu pai adora Taguatinga e vive falando mal do Plano", disse trazendo Marco para o meio do jogo sem deixas. As falas do meu pai que eu decorei exigiam nota explicativa quando as repetia, o que me fez dizer: "É que o pai dele morreu trabalhando na construção quando ele era bebê".

Mesmo com os lances luminescentes caóticos vindos do palco, vi a boca de Miguel descortinar a surpresa: "Nossa! Que história! Você já contou isso pra minha mãe?", me perguntou ele no exato vazio cheio pelo público entre uma música e outra.

O solo da guitarra do Sandrox requisitou a atenção dos meus braços, que se ergueram ao ritmo do som que invadia o teatro com o êxtase de protagonizar o viver de sentir e querer. Ao fim da minha dancinha sem jeito por fora, mas que despertou meus acordes, segurei o rosto de Miguel e o beijei tocando as vontades nas salivas confluentes.

Estávamos contagiados pela vibração do som que era sentido por dentro. Nada conseguia ser separado naquele momento, nem a música colada nem nossos corpos tocados. Miguel me beijava com um carinho mais melódico. A consistência quente da sua boca aqueceu a consciência de cada parte do meu corpo. Eu quis o toque inteiro que não titubeia, quis o beijo que persegue os cantos e os meios, quis a umidade emanada, quis o desamparo da consciência e o fluxo da sensação de desprendimento de mim. Quando os aplausos e assobios estridentes anunciaram o fim da apresentação, me virei de costas para Miguel e senti sua atmosfera de banho quente relaxante no meu ouvido enquanto seus braços me provavam que ele estava presente e não pairando no meu ar pensante.

"Você é demais, que beijo gostoso", disse Miguel com uma voz vagarosa que fechou meus olhos e entortou meu pescoço, que se alongou para ser mais explorado. A bermuda fina que Miguel usava para jogar basquete me dava a certeza do desejo mútuo. Minha cabeça funcionou bem no momento em que os pelos arrepiados e o quadril móvel me alargavam diminuindo a vontade de racionalizar. Naquele sábado eu ficaria sozinha em casa. A lembrança da viagem dos meus pais para Caldas Novas me esquentou ainda mais. Fiquei de frente para fitar os olhinhos caídos de Miguel e afirmei sem perguntar: "A gente podia ficar juntos hoje".

Saímos do Teatro da Praça de mãos dadas e atravessamos as duas pistas largas que separam a cidade em norte e sul. A noite não tinha avançado e o fluxo de gente nos acompanhou por quase toda a caminhada rápida pela avenida comercial com suas fachadas fechadas e carros contínuos.

"Gosto desse barulho de coisa acontecendo", disse Miguel explicando que não podia captar isso com sua fotografia se não escolhesse as pessoas.

"Às vezes elas só te mostram o silêncio. Essa escolha não é sua", respondi e depois lhe mostrei que estávamos justamente em frente ao grande muro grafitado da minha antiga escola.

"Tenho a impressão que você está sempre querendo me mostrar e esconder alguma coisa", comentou ele enquanto atravessávamos a pequena avenida que dava acesso à rua da minha casa.

"Acho que é isso que a gente faz quando gosta", falei pegando as chaves na mochila.

A caminhada rápida até minha casa não arrefeceu a vontade de querer mais dele. Deitamos no sofá nos religando aos movimentos que revelavam a sensibilidade única dos estímulos de mão dupla. Miguel tirou minha blusa de alcinhas e pegou meus peitos como se fossem raros sem arremedar a pressa afoita da nossa juventude. Ele criava uma aura que me aquecia antes que o contato de seus dedos e sua boca me desmembrassem, transformando meu corpo em um contínuo indivisível de sensações correntes. Eu tirei sua bermuda antes de me preocupar com a camisa e passamos pelo corredor como se quiséssemos deixar o rastro do nosso cheiro nas paredes assim como fizemos com as roupas, que ficaram todas para trás. Caímos com gosto na minha cama de lençóis esticados com esmero e o aroma do amaciante azul ficou irrelevante perto do perfume do suor abundante nas costas de Miguel. Minhas mãos espalmadas buscavam agarrá-las como se fosse impossível suportar a fraqueza que me tomava. A firmeza escura dos meus mamilos rijos roçou em seu peito ativando uma busca circular em meu quadril, que rebolava como se quisesse distribuir uma tontura plena e viciante pelo quarto inteiro. Curvei o pescoço para trás ajudando meu tronco a se erguer para render a parte interna das minhas coxas àquela língua singular que parecia plural no encontro deslizante dos lábios. Me senti à deriva na umidade nova e nos sons estreantes que brotavam de mim. Eu quase me perdi quando Miguel se sentou na cama e segurou minha cintura para que eu montasse nele. Firmei meus dedos enroscados em seu cabelo crespo farto, apoiando meus joelhos no colchão e selando nosso encaixe gradual, que o prendeu como a concha faz com o grão de areia. O jeito que ele me olhava sorrindo e pedindo mais com voz de fogo espremida entre a boca e os dentes eram combustível para a maré que recuava e avançava sem obedecer aos mandos do dia e da noite. Me liquefiz em sua rigidez de homem que não se esquece até depois do fim, quando as notas de sons desarranjados regeram a chegada do silêncio perfeito.

A pior parte de dormir no alojamento era a privação do silêncio da noite que preparava para a criação do amanhã. Iran sentia saudade do vazio restaurador nos poucos minutos de consciência antes que seu corpo cansado se rendesse aos roncos dos homens próximos. O encarregado do departamento aceitou Iran quando ele mostrou a bolsa com as ferramentas e as cartilhas que Flávio tinha lhe emprestado. O rapaz fez uma ligação rápida numa caixa de luz do Congresso, seguindo o rastro das mãos do mestre em seu pensamento, e conseguiu o emprego. Animado com a conquista, escreveu ao amigo Ramiro dizendo que viesse ter em Brasília: "Já estou com carteira assinada e casa", tracejou a caneta versada em amolecer a vida nos ditos. A verdade era que a lida exigia mais do corpo e da cabeça que o imaginado para o corpo e a cabeça de qualquer pessoa. Mas naquele primeiro tempo de expediente o peso da falta de descanso era sobrepujado pela carga de sonhos de Iran, que mal tinha chegado aos vinte anos.

O trabalho no prédio de letra emaranhou o novo eletricista no interior dos subterrâneos ou no alto dos postes. Estar no limite de tudo o que era recomendado ao homem temer por natureza embolava o jugo do céu e da terra no ajudante de mestre Flávio que estava ali para se adiantar. "Minha cabeça tem muita serventia", pensava Iran quando matutava uma saída para contornar o labirinto de fios que queriam ficar ocos da força que alumia dentro e fora. Fechar um circuito e ver o acender das luzes era como ouvir as histórias da vó Matila que ligavam compreensões novas no Iran menino, que via tudo como um fio. Oxalá ficou sete anos preso nas terras de Xangô e Xangô levava o velho Oxalá nas costas. "A linha não é reta, meu filho, mas tem liga", dizia a avó quando contava as histórias imemoriais ao neto. Iran se sentia criativo e capaz quando contornava os mandos dos engenheiros estudados usando de artifício para dar sustância à luz que corria maratonas no concreto prenhe de obstáculos. "Iran é homem de tutano", falou mestre Flávio quando entendeu que o aprendiz carecia de aprender mais, resolvendo levá-lo ao acampamento dos engenheiros na Candangolândia, morada que ficava em frente ao hospital e ao lado da Cidade Livre.

Era fim de sábado quando os dois pegaram carona na caçamba do caminhão que saía do alojamento da Vila Planalto, pouso dos homens do DFL, e foram dar na casa de madeira do dr. Inácio, paraibano com quem Flávio trabalhou nos dez dias da feitura do Catetinho. O mestre queria pegar novo material de estudo para que o aprendiz se instruísse nos meneios inovadores da eletrônica. Se não se tornassem indispensáveis quando a cidade da esperança estivesse pronta e acabada, o fim era certo. E foi naquela visita em que pegou um manual de papel fino com aspecto de jornal que Iran botou os olhos em Joaninha pela primeira vez. Flávio fez o pedido ao dono da casa apertando-lhe as mãos e Iran esperava para fazer igual ao mestre até perceber que não havia a mesma disposição vinda do engenheiro, que se limitou a cumprimentá-lo com um aceno econômico. Antes que a garganta ficasse rançosa, como no dia em que a nódoa da castanha de caju crua se espalhou em sua língua após a mordida infantil desafiadora das instruções adultas, o aquoso rastro de Joaninha lavou sua boca da sequidão amargosa.

A moça brincava com duas meninas na sala da pequena casa de madeira construída para abrigar as famílias dos engenheiros e arquitetos que estavam trabalhando ali como Iran e mestre Flávio. Os três homens estavam na frente da casa provisória quando Joaninha sentiu o peso invisível de olhos em si. Aquilo não era novidade. Sua visão periférica estava mais aguçada desde que ela chegou àquele meio do nada cheio de homens, acompanhando os Sampaio como sua empregada. Apesar de mal sair de casa, sua presença era quase uma aparição para os trabalhadores, que não se continham ao vê-la. A moça tinha conhecimento de que essa situação acontecia com quaisquer das raras mulheres ali no tempo de fundação. A força abstrata da visão posta sobre ela moveu seu pescoço e atraiu seu interesse quando ela viu que o rapaz segurava um dos livros do seu Inácio nas mãos.

Joaninha entrou em outro cômodo com as meninas e deu de sair à janela quando percebeu que os homens se despediam de seu Inácio. As mãos macias da curiosidade levaram a moça a lançar-se para fora da abertura da parede para ver e ser vista. A certeza de que o visitante estaria ali para mirá-la novamente foi aposta feita consigo mesma de ganho fácil. Seu Inácio entrou e Flávio começou a conversar com um homem que encontrou de passagem, enquanto Iran fingia folhear as páginas do manual e aproveitava para enxergar o fundo dos olhos pretos da moça de rosto redondo como o fruto mordido do cajueiro doce, que guarda o fel na castanha crua. Ao ver Iran, Joaninha sentiu o cheiro da bolacha preta de sua terra e quis pegar naquelas mãos de mogno que seguravam o livro de quem era gente que ela achava não ser. A lida na casa dos outros que não era a sua, o cuidado dos filhos dos outros que não eram seus, a dormida no colchão de capim no canto da cozinha em que ela preparava comidas que não eram suas tentavam lhe impregnar o sentimento de que pouco seria dela naquela vida em que era preciso agradecer pelos restos. Mas o moço sólido segurando um livro trouxe um brilho de pensamento novo.

Assim como quando subiu na boleia de pronto e de chofre, Iran chegou mais perto da janela e disse:

"Me chamo Iran. A senhorita quer ir ao cinema no sábado?"

Joaninha sorriu apenas com os lábios, mas talvez também com o coração àquele moço novo com voz de homem feito. Ela não negou imediatamente o pedido como fez com os tantos outros que havia recebido dos homens cobertos pela poeira de uma quase cidade, mas disse:

"Sou Joana e tenho serviço aos sábados, não posso."

Iran tirou o chapéu e saiu decidido a voltar àquela casa de madeira que guardava a mulher que seria sua.

"Você não amolece os ditos, homem", disse mestre Flávio rindo no caminho de volta ao acampamento deles na Vila Planalto. Iran pensou nela durante todo o trajeto de volta e aquilo lhe fez um afago morno, diferente e bom. Era a satisfação. Assim que saía do refeitório se recolhendo para descansar a carcaça no alojamento viu que tinha caminhão chegando. Cerrou as vistas e botou reparo que era o do Baru. Seu coração tremeu feito geleia de mocotó quando viu Ramiro saltando da caçamba envolto pelo pó de Brasília revolvido pelas rodas.

XIII

A satisfação pela estada de Miguel no vermelho de minhas terras me revolveu mais que o esperado pela minha imaginação, que o cobria com o fino pó dourado da idealização. Nos dois meses seguintes ao nosso encontro, vi pouco e lembrei muito dele e daquela noite em que me aproximei de sentimentos difíceis de lidar no trecho etário em que os julgamentos têm medidas sob suspeição. A certeza de que eu era diferente do meu pai foi a roda que guiou meus giros para lugares que eu supostamente havia escolhido ficar. E ali estava eu mais próxima dele do que quando dividia a bicama de solteiro com minha mãe, em meio às tábuas, sentindo sua respiração encher de ar meus pulmões de criança. Eu fui tão longe quanto Marco ao desprezar os sentimentos da Renata pelo Miguel? Mesmo que as proporções das escolhas de um pai que abandona a filha e a mulher à mercê da dureza dos baús de madeira surgissem como borda firme da piscina dos meus pensamentos de culpa, ainda havia o imenso ralo da consciência para sugar o peso de uma vida inteira para o fundo. Eu aprendi a nadar tarde e sempre nadei mal.

Miguel sumiu por uns dias, e eu, por todos os outros em que tentei fazer contrapesos íntimos que me ajudassem a lidar com a culpa pela escolha feita e por não me sentir tão errante, tive receio de estar flertando com o cinismo, mas não conseguia parar. Ele havia me feito bem, o prazer havia me feito bem e ainda substituiu a lembrança borrada de uma primeira vez de seca pressa. A balança do meu íntimo encontrava um equilíbrio entre o quilo de algodão e o de chumbo depositados nos pratos de medição fixados em meu eixo. Mesmo me mantendo longe da fácil autocomiseração, as penugens brancas ocupavam mais espaço e tomavam quase tudo. Naqueles dias de purgatório no âmago, me senti tão diferente, mas tudo estava igual. A rotina mecânica da pesquisa com Rodrigo se estabeleceu e o grupo avançou na arquitetura da exposição. O ritmo insosso que descontinuava as sensações vindas do meu encontro com Miguel foi irrompido pelo convite de Teresa a uma reunião a sós comigo.

"Eu já sei de tudo", disse minha orientadora assim que abri a porta da sua sala no departamento.

Aquela sala de luz ficou pequena para meu constrangimento ao ouvi-la. Teresa sabia que eu tinha transado com Miguel? O susto mal disfarçado pela denúncia dos olhos arregalados foi substituído pelo suspiro que esvazia a carga da alma quando Teresa falou sobre a história do meu avô morto durante a construção de Brasília.

"Jordana, poderíamos falar sobre isso na nossa exposição. O que acha?", perguntou, acrescentando que tinha sido informada por Miguel.

"Mas eu não sei quase nada, professora", respondi esperando que ela desistisse do pedido. Eu vinha pensando sobre isso desde que começamos a pesquisa, mas qualquer movimento naquela direção me levaria para conversas de uma profundidade pouco segura com meu pai, por isso me calei.

"O pouco que você sabe também é a história dele e a sua. Escreva sobre seu avô, querida."

Saí da sala de Teresa pensando na afirmação que me ligava à história lacunar de meu avô. Eu sabia pouco e esse pouco era meu também. O hiato que ele provocava na minha cabeça era soberano em afastá-lo de mim. Havia me acostumado a pensar nele como o pai que meu pai não teve, mas não como o avô que eu não tive. E ainda estava a léguas de sair da corrente de águas doces e salgadas que nos afastava. Fui até o orelhão do Minhocão e liguei para Miguel. Eu não suportava mais a represa da vista de suas feições e lidava mal com a crueldade inata das paixões. A conversa dele sobre meu avô com a mãe me pareceu uma oportunidade para escavar as cascas de feridas que eu costumava cutucar até ver a carne verter vermelho.

"Alô. Miguel, é a Jordana."

"Oi, preta, tudo bem contigo?"

"Estou bem. A Teresa pediu para eu ir atrás da história do vô. Você contou pra ela, né?"

"Me desculpe se te chateei. Eu te ajudo, assim como você fez em Taguatinga."

"Acho que vai ser mais difícil. Eu só sei o nome dele."

"Olha, eu já vi um programa gringo que procura a história de pessoas que morreram, e a primeira coisa que eles fazem é ir ao cemitério."

"Pode ser, mas meu pai disse que foi lá quando era novo e não encontrou nem o túmulo."

"A tecnologia mudou. A gente pode dar sorte."

"Sei... É, vamos tentar, preto."

"Sexta à tarde?"

Fiquei esperando que ele me chamasse de preta mais uma vez depois de me ouvir inaugurar a pronúncia do carinho cromático que tive o prazer de aprender de sua boca, mas ele quis a fenda.

"Combinado."

O céu que cobria cada uma daquelas morosas moradas era azul sem distrações. O calor empapava a camiseta de Miguel com o suor que me regou como faz a primeira chuva após os meses de baixa umidade em Brasília deixando que o cheiro amolecedor da terra molhada umedeça as vias dos carros e dos corpos, mas logo se vai refrescando nossa fé inabalável pelo seu retorno. Caminhamos até o cruzeiro, que fica na área central do cemitério. O amontoado de parafinas deformadas e velas queimadas pela metade não nos deixava esquecer o chão que pisávamos. Eu olhava os nomes inscritos nas tumbas, as datas de nascimento e morte e as fotografias ovais emolduradas com detalhes excessivos e me distraía do objetivo de nossa visita de pouco método.

"Segundo o mapa, é por aqui a ala dos pioneiros, Nana. Ele trabalhou no comecinho de tudo, vamos olhar por aqui primeiro."

"Tudo bem", concordei, mas achava que a tumba não estaria lá entre as dos engenheiros e arquitetos. Embaralhei os anseios e desejos, buscando um pedaço de barro vermelho que cabia ao meu pai e a mim.

"*O meu avô, onde é que tá?* Caraca, Nana, essa música veio do nada!", disse Miguel cantando e me fazendo lembrar do cantor preferido do meu pai.

"É tão bonita...", falei com o coração movediço. O verso da canção trouxe o meu pai e ele trazia o meu avô, que era mais que uma busca. O que estava acontecendo ali?

A investigação infrutífera começou a enterrar a esperança de que existisse mais daquele homem para trazer o sentido que eu e meu pai parecíamos não ter. Ele remedava a colcha, eu remendava os retalhos e nossa cama seguia desfeita.

"Vamos lá na administração daqui. Deve ter um arquivo. É um jeito de procurar também!", falou Miguel com um entusiasmo em seus olhos que levantou os meus.

"Iran Almeida dos Santos, moça", disse eu à atendente, que começou a digitar o nome do meu avô num computador que tinha a tela esverdeada pelo protetor de plástico que a encobria. Olhei para Miguel e vi que ele limpava o pó dos pés batendo-os no solo pavimentado.

"Moça, tem duas pessoas enterradas com esse nome. Uma em 1959 e outra em 1972", nos informou a funcionária do cemitério.

"1959!", falamos alto eu e Miguel ao mesmo tempo. Sem que pedíssemos, ela nos disse que poderia dar a cópia do registro de compra do jazigo perpétuo, além do endereço da campa.

"Quero, moça, quero tudo, por favor. Quero mostrar tudo pro meu pai!", falei repetindo as palavras que saíam molhadas e faziam pausas sem convites. Eu segurei as lágrimas e Miguel, minha mão. Senti seu toque quente e suado em um pedaço de mim e com o outro toquei em alguma matéria do meu avô.

"Rita Almeida dos Santos, mãe. Jonas dos Santos, pai. Causa da morte: traumatismo craniano. Foi testemunha do acidente: Ramiro Félix." Li tudo em voz alta saltando as informações na desordem em que elas surgiam no embaralhamento que minha cabeça fez daquele papel que veio de cima.

"Caraca, Jordana! É sua família! Vamos, vamos!", disse Miguel me arrastando pelo estacionamento que dava acesso às capelas.

Eu andava tentando localizar o endereço de letras e algarismos, mas aquelas quadras do fim de tudo não faziam sentido. O sol castigava o solo do descanso dos dias sem número e, se não fosse o senso geográfico de Miguel, não teria encontrado o túmulo de mármore quebrado e escurecido do homem que morreu quase com a mesma idade que eu tinha na época. O mato rasteiro e carente de água ao redor da grande tampa horizontal por pouco não recebeu meu corpo em queda quando uma tontura repentina me tomou. Segurei o antebraço de Miguel para não tombar, sem que ele percebesse a iminência do baque.

"Não tem nome, mas ao que tudo indica é esta aqui", falou Miguel apontando para o sepulcro que imprimia as marcas do esquecimento de Iran.

"Meu Deus, Miguel, é aqui! A gente não sabia nada, não sabia nada, meu Deus…"

"Que coisa incrível, foi muita sorte!", disse ele me acolhendo nos braços que eu poderia escolher como minha derradeira casa.

Comecei a fazer uma oração sem ordem ou enredo no meio daquele abraço que suspendia meus pés do solo, mas também me aterrava. As peças da vida do meu avô requisitaram o encaixe e eu quis agradecer por encontrá-las ali. Eu estava de joelhos com os cotovelos dobrados apoiados na bicama e as mãozinhas juntas em sinal de oração. Agora deveria dizer: *Obrigada, Deus por ter abençoado meu dia e dado saúde para mim, meu pai e minha mãe, amém*, entoando as palavras que mamãe sempre repetia comigo ajoelhada ali do meu lado. Eu pulava para a cama pedindo que ela viesse logo, mas ela me dizia que tinha mais para falar com o pai eterno. Eu fechava os olhos ou ficava observando sua boca, que às vezes se entreabria, e desejava que seus pensamentos saíssem dali para que eu pudesse ouvi-la por dentro. Ela pedia pela volta do papai. Quando orei em frente ao túmulo do meu avô, agradeci sua volta pelo meu pai.

Olhei para a água que jorrava daquele jazigo de vida e saí com Miguel. O fechamento do cemitério se aproximava e fomos em direção à saída. Logo estávamos entre as capelas e a administração novamente.

"Nossa, meu tênis está imundo", disse a ele, mostrando meu All Star ainda mais avermelhado pelo pó do campo santo.

"Deixa comigo", falou o filho da Teresa pegando uma flanela amarela na mochila e a umedecendo com a água de sua garrafinha já no estacionamento do cemitério.

"Sempre faço isso porque não aguento pisante sujo", comentou quem guardava meu amor consigo agachado limpando meu tênis enquanto eu erguia o pé e me segurava em suas costas encurvadas para me anteceder ao desequilíbrio.

"Cor preta", repeti em voz alta a parte mais impressionante daquele documento que passou para as mãos da minha família para sempre. Soltei o corpo de Miguel e saí em disparada para o banheiro ao lado do oratório.

O líquido ácido que afronta a gravidade veio ávido e volumoso por minha garganta, levando os restos do almoço comedido para o vaso sanitário. Era difícil acreditar em tudo o que aconteceu naquela tarde, era difícil lidar com o vômito repentino e com as ideias repetidas que zanzavam pela minha cabeça inculcada com as regras que não se encaixavam. Eu estava feliz pelo avô. Estava preocupada por mim. Saí do banheiro envolvida por um choro amontoado de soluços e corri para descansar meu peito comprimido no ombro de Miguel.

"Calma, preta, a correnteza está a seu favor."

A entrada do cinema estava amontoada de gente. Perder as sessões de faroeste era trocar uma brisa fresca pelo mormaço dos buracos que tinham que abrir para enterrar as bases de ferro dos prédios que erguiam. Iran gostava de ver os sustos de Joaninha com a saraivada de tiros que atravessavam a cena na tela grande e de reparar na sua felicidade com os finais em que tudo ficava certo para o moço justiceiro. Também é verdade que Iran fervia água com as chamas da pupila quando a peãozada queria botar olho comprido em Joaninha.

Numa das idas ao cinema que se repetiram com regularidade, Iran ouviu um homem dizer que Joaninha tinha cabelo bom e que não era certo misturar com o de preto. O filho de Rita empurrou o peito do rapaz que mostrava desmesura no comportamento e no uso da camisa com os botões para fora das casas em sobressalente desleixo. Havia mais gente na fila, contando mais dois casais, e o código masculino de manutenção da honra e das suas mulheres foi acionado fazendo Iran angariar apoiadores rapidamente. O homem foi empurrado de mãos em mãos até desistir de seguir estufando o peito como um pombo que não se cansa de arrulhar. Joaninha gostava de valentia e acariciou as carapinhas de Iran, que iam ficando mais espaçadas na parte de trás do pescoço, assim seu toque arrepiaria o homem que arrebatava sua atenção cada dia mais.

O querer dela por Iran era atrevido e tinha um andar apressado como tudo ali naquele tempo. Era difícil ser moça, mas querer ser mulher ali onde as vistas do patrão, que prometeu cuidar dela para a mãe, eram a contravenção mais significativa a ser feita e a invenção de sua própria vida. Assim como sair para ver os papangus na tentativa de carnaval que ouviram dizer que aconteceria. Iran também se adiantava quando o assunto era carnaval, a festa em que Jonas trabalhava mais levando-o para ajudá-lo nas arrumações dos instrumentos da orquestra. Iran decidiu que os dois dariam um jeito de irem à festa e Ramiro os ajudou quando conseguiu a companhia de uma das moças de Luziânia que lavava roupa para os candangos. Mestre Flávio e a esposa se juntaram à comitiva que bateu à porta de dr. Inácio para buscar Joaninha. O trio respeitoso tinha força argumentativa por si só e Joaninha conseguiu permissão para participar do festejo na rua.

As marchinhas estavam na boca do mundaréu de trabalhadores que precisavam desviar a alma das ferramentas que queriam domá-la. Cantar alto exorcizava o barulho feito pelas picaretas que batiam na carne de dentro sem sossego mesmo depois do fim da lida, a pinga e a música vinham para ajudar na exalação daquela percussão grave. Os seis se divertiram como se o festejo fosse o último ou o primeiro de suas existências. A música lembrava o bom de viver e embalou o entrelaçamento de Iran e Joaninha numa dança íntima criadora com passos tão acertados que pareciam ensaiados, mas irrompiam do desejo e da ousadia de ser tudo o que se podia ser quando o coro coletivo pede licença ao decoro. A caçamba coberta de lona de um caminhão foi o improviso providencial que Iran já observava de longe. Ele não precisou explicar nada a ela quando viu que a mulher se amolecia inteirinha e tinha os pelos do braço arrepiados com seus toques. A adrenalina do possível flagrante se juntou aos dois quando decidiram subir na boleia na intenção não de ir, mas de ficar e de ser um.

O amor passou pelos dias de carnaval e se repetiu sempre que Iran conseguia pagar uma noite numa pensão ou arranjar uma caminhonete, com algum colega do DFL, transformando-a num lugar possível para que os dois cansassem juntos de um jeito bom. Iran já queria pedir Joaninha em casamento quando a notícia da gravidez veio encher o coração de alegria e a cabeça de preocupações. Ela não ligou para as vertigens que lhe embrulhavam o estômago, mas teve certeza de que tinha pegado barriga quando as regras não vieram. A moça se envergonhou de contar a notícia para Iran e teve muita saudade da mãe quando chorou noites inteiras de solidão no colchão de capim da cozinha dos Sampaio. Ela conhecia os chás, era moça trabalhadora e viu acontecimentos assim pegarem conhecidas mais de uma vez. Quando Deus e o peso do pecado implantando no coração se juntaram em sua consciência que já era maternal, ela encontrou a esperança e contou tudo a Iran.

Aquele homem era mesmo seu. Joaninha entendeu isso quando ele a abraçou dizendo que teriam um menino homem e que tudo seria deles. Ela sentiu a força eletrizante de um raio que cai longe, mas que não passa desapercebido vindo dele, e o abraçou sabendo que ele era homem de querer e de fazer. Iran lhe disse que mulher dele não trabalha e que agora as coisas seriam diferentes. Conseguiria um barraco na Vila Planalto como o de mestre Flávio e, quando a cidade estivesse pronta, teriam uma casa boa. Se casariam como tinha que ser, com festa e na terra de Iran. Isso o fez pensar em mãe Rita e vó Matila. Fazia pouco tempo de sua partida, mas sua vida estava tão diferente que parecia que todos os anos no terreiro eram como as histórias na tela de cinema da Cidade Livre projetada olhos adentro. Quando Joaninha saiu da casa dos Sampaio para ter a sua, gostou da chuva que caiu para aguar seus planos. A mulher abriu a boca e deixou a língua ser regada por pequenas gotas. Iran sorriu do feito dela e se apaixonou mais uma vez. Os dois seguiam para seu próprio barraco apressando o passo para entrar no caminhão quando viram que os raios, numa dança de serpente, se lambiam no fundo do céu.

XIV

A chuva se impôs naquele fim de dia como uma ameaça que acelerou a ação das pessoas que estavam longe de casa como eu. A viagem até Taguatinga me levou ao encontro da água. A tempestade havia começado lá. Ao descer na parada, disputei espaço com os guarda-chuvas e sombrinhas inúteis diante do temporal com ventania. Pensei em ficar ali, mas havia uma agitação que me inquietava e que não seria resfriada nem mesmo pela torrente que respingava em minhas pernas. Abri a mochila para me certificar de que a cópia da compra do jazigo estava na pasta de plástico, não queria que nada lhe ocorresse, e dei meu primeiro passo embaixo do temporal. A corrida até minha casa foi rápida como os acontecimentos na minha vida naqueles meses. Os novos e os velhos pensamentos se impregnavam um ao outro como a roupa encharcada que começava a colar na minha pele. Meu avô, meu pai, minha mãe, Renata, Miguel, eu, mãe?

O pé d'água foi ligeiro e já estava afinando quando eu abri o portão. Vi que a kombi do tio Leite estava estacionada na calçada e senti um calor que abraçou minha pele gélida ao lembrar o quanto ele era uma ponte de carne e osso entre mim e meu pai. Minha mãe me trouxe uma toalha e começou a me secar enquanto a tia Bené me recomendava um banho quente imediato. Estar muito molhada disfarçou meu semblante choroso e passei despercebida pelo meu pai e pelo tio, que tomavam cerveja e não estranharam quando não me detive em frente a eles, já que eu precisava me aquecer.

    Fechei a porta do banheiro e meus ombros desceram para a linha do meu colo escancarando o tamanho da minha tensão. Vi meu reflexo no espelhinho e soltei a piranha que prendia meu cabelo em um coque constante desde quando comecei a imaginar como seria se sua verdadeira textura conhecesse a superfície crespa do mundo. Enquanto eu tirava as peças de roupa e as torcia na pia, ouvia as risadas do meu pai e do tio Leite e pensava sobre qual seria a reação do Marco quando soubesse tudo o que eu havia descoberto. Não quis contar para ele. Antes disso, eu precisava saber mais e sentia um fluxo enérgico interno que me dizia que conseguiria mais informações. Estava só de calcinha quando abri a ducha e entrei na água me sentando no chão mais limpo que havia naquela casa. Ficamos tantos anos repartindo o banheiro coletivo com as famílias dos cortiços, que minha mãe cuidava do seu com mais regras de limpeza que as que ela inventou para os demais cômodos da nossa morada. Eu precisava ficar sozinha e ordenar as atitudes que tomaria a partir dali com alguma frieza sob o risco de me dar muito mal e ser carregada pela enxurrada... Eu poderia estar grávida de Miguel? Sim, poderia. Eu deveria desenterrar a história do meu avô para meu pai? Sim, deveria. Eu precisaria fazer um xis cirúrgico para abrir minhas feridas mal cicatrizadas pela queloide do tempo? Sim, precisaria. Tive um encontro frontal com a maturidade que fui obrigada a ter no cruzamento entre quem eu era e quem eu seria.

As preocupações me ergueram do chão limpo mas desgastado de mamãe. Terminei o banho, me sequei, vesti um jeans e um casaco de moletom para ir à lan house e à farmácia. Ainda me assusto com a precisão da minha praticidade quando um bueiro aberto quer me puxar para as galerias de esgoto como acontecia na lenda urbana que as crianças contavam umas às outras na minha infância. A voz do Luiz Melodia tocando no som abafava a conversa alta do meu pai e do meu tio enquanto eu penteava meu cabelo, ainda molhado, para amarrá-lo do mesmo jeito que estava antes. Parti os fios ao meio com a exatidão que a ponta fina do cabo do pente me oferecia e os pensamentos sobre quem eu era e queria ser foram divididos com as certezas sobre quem meu pai era e queria ser.

Tio Leite era seu horizonte e Marco tentou alcançá-lo quando o conheceu e descobriu que não precisava ser um homem apartado. Foi por influência do tio que ele bateu na porta do nosso barraco, numa noite de tormenta, dizendo a Fran que queria voltar. Tio Leite havia rompido com ele quando Marco abandonou a mulher e a filha, meu pai não suportou o mundo sem referência em que vivia antes de conhecer o homem que se transformou em seu sábio irmão mais velho. A infância no sertão no seio de uma avó com cheiro e cor de arroz de leite foi de onde ele pôde se ver, mas não se reconhecer. Aos catorze, Marco saiu de lá e veio para Brasília em busca de trabalho. Carregava consigo o pouco dinheiro economizado e o endereço do antigo patrão de sua mãe, que nunca obteve êxito em encontrar, mas queria mesmo era ficar mais perto do pai desconhecido e tentar juntar quem era com quem queria ser. Quantas vezes eu tinha ouvido aquele contar? Quantas?

Às vezes achamos que estamos fazendo o melhor, mas só estamos limpando o lixo trazido pelas tempestades que levam tudo com a ilusão de deixar a superfície impecável. Não adianta limpar a calçada e esquecer a boca de lobo. Foi assim que meu pai agiu quando tudo voltou ao normal sem estar, então rastejei pelas galerias subterrâneas que escondiam o indesejado e me encolhi na concha de madeira de baú antigo que construí sozinha. Cresci querendo que ele jogasse seus ditos salgados na minha barriga gosmenta de caramujo para ser finalmente corroída pelo rastro pegajoso que Marco deixou em mim naqueles anos. Terminei de arrumar meu cabelo decidida a não ser mais a Jordana que se arrastava. Bati a porta da sala quando deixei os quatro e fui em direção ao comércio da Vila Matias observando a profusão de espirais cintilantes de óleo de carro no asfalto banhado com cuidado para não escorregar.

"Rita Almeida de Jesus", digitei no site de buscas provocando uma precipitação de páginas abertas no computador da lan house. As horas passavam no relógio da tela e me faziam deslizar no emaranhado escorregadio de informações que não faziam sentido. O nome da cidadezinha baiana do vô também não me trazia nada quando tentava cruzá-lo com todos os nomes daquela família que tinha mesmo existido? *Eu deveria ir lá* era o pensamento que martelava na minha cabeça quando digitei "Ramiro Félix acidente" no campo vazio do site de buscas. Rolei as páginas para baixo até clicar em uma reportagem do principal jornal da cidade. Aquilo era diferente. Fechei todas as páginas abertas que estavam deixando o processador lento e tive minha atenção capturada pelo papel de parede da tela que mostrava as asas rosadas de uma borboleta pousando numa folha verde salpicada por chuviscos. Comecei a ler.

"Como posso desistir tendo uma filha como essa?", dizia a frase de desfecho do texto que li como quem recorda. As primeiras linhas da história me situaram no sofrimento e na dor de uma narrativa que eu conhecia de um livro ou de uma boca? Uma viagem de férias, queimaduras numa mulher, a morte do homem que tentou ajudar os filhos sem conseguir se mover, um menininho em chamas! Tudo aquilo reapareceu nas linhas do texto e da minha consciência. Era ela, eu a conhecia! Os parágrafos projetaram a moça que estava no centro espírita da tia Bené entre minha fronte e a tela.

Ramiro Félix tinha dito à jornalista que não poderia desistir tendo uma filha como aquela mulher. Ele teve um AVC e havia sequelas, mas tinha Viviane e vivia por ela. Era um pai. Essa informação fez as asas da minha memória de filha magoada se debaterem. E quem era aquele pai? Ele era o amigo do vô Iran? Por que eu conhecia essa mulher? Por quê, meu Deus?

Minhas cutículas já estavam no limite que separava minha incapacidade de deter a ansiedade por empurrá-las e a iminência das finíssimas linhas de sangue que marcavam a base da unha com uma lua minguante de sangue. Os caminhos das minhas sinapses vinham em uma mão dupla entre mim e a máquina que me falava, até que vi as letras pequenas, em negrito, com o e-mail para a compra do livro em que Viviane contava o pior episódio de sua existência. Com mais velocidade que o processador do computador, abri minha caixa de mensagens para dar espaço ao impossível. Digitei:

"Viviane, tudo bem? Me chamo Jordana e vi sua palestra num centro espírita de Taguatinga Sul há pouco tempo. Estou fazendo uma pesquisa sobre a história do meu avô que morreu trabalhando na construção da cidade. Achei um documento do cemitério que cita Ramiro Félix como testemunha do acidente. Estou em choque depois de ler uma reportagem sobre sua história no jornal! Por isso, te escrevo. Será que seu pai já te contou alguma história sobre ter presenciado um acidente de trabalho com Iran Almeida dos Santos na época da construção de Brasília? Pode ser só um homônimo mesmo, mas não custa perguntar. Obrigada pela atenção. Um abraço apertado!"

Pressionei o botão "enviar" e vi que a meia-lua em vermelho vivo emergia no encontro entre a unha e a pele mais escura do meu indicador. Saí tropeçando nas cadeiras desordenadas pelos adolescentes barulhentos que lotavam o lugar, deixei uma nota de dez reais para o menino que controlava o tempo de uso dos clientes e saí sem esperar meu troco. A tempestade tinha deixado os vestígios de sua presença no frescor do ar que arrefeceu o cálculo do percurso frio que me levaria até uma farmácia do centro. Aquele atraso incomum tinha sido negligenciado pelos meus pensamentos fixos e fantasiosos de amor por Miguel. A gente tinha se prevenido e a situação era improvável, mas naquele dia que já era alta noite eu quis me lavar de todas as dúvidas sobre quem eu era e quem eu queria ser.

Iran queria ser como o pai quando seu bebê forte e vigoroso nascesse da mulher que amava. Ele sabia que a partir dali quem ele era daria lugar a quem ele queria ser. O homem se pôs a fazer trabalho virado durante toda a gravidez de barriga pontuda de Joaninha que não se espalhava por nada. "É um menino", diria vó Matila, alisando o bisneto na barriga da nova filha. "Há de vir com saúde", diria mãe Rita segurando as contas pedindo uma boa hora para a nora. Iran sentiu falta do amor que nunca lhe faltou e segurou suas contas fechando os olhos para senti-lo. Acontece que a agitação do café com Coca-Cola, que ele passou a tomar para fazer trabalho virado, lhe roubou a cola das pestanas boa para trazer de volta o sossego de dentro, mesmo quando não há descanso fora.

"Essa criança vai ser um dos primeiros a nascer na cidade da esperança", disse Ramiro ao amigo enquanto voltavam do trabalho caminhando dos fundos do prédio de letra H para a Vila Planalto. Iran sorriu, sem mostrar os dentes ao amigo, e tratou de abraçar Joaninha bem forte quando chegaram em frente ao barraco e viram que ela lavava as poucas louças numa bacia de alumínio. Quando Ramiro cumprimentou a mulher do amigo segurando a aba do chapéu, Iran falou para ela entrar e colocar seu jantar. Querendo ser homem feito antes que o filho chegasse, Iran comeu arroz com feijão na lata de goiabada e pediu a Joaninha que o acordasse em duas horas antes que ela pegasse no sono pesado de prenha. Ele precisava estudar as novas cartilhas.

A construção tinha data para acabar e ela se aproximava, se aproximava enquanto a barriga da mulher aumentava, aumentava. Iran acendia postes e fazia ligações nos labirínticos fios como se sua vida estivesse dependurada neles. Os turnos virados eram sua rotina e não havia dedos sem sangue e calos que pudessem fazer carinho manso no filho que crescia na água do útero de sua mulher. Joaninha se achegava ao seu homem com saudade dos carinhos demorados nos caminhões, mas ali no barraco sobrava pouco tempo para isso antes que ele dormisse um sono pesado que não trazia a leveza descansada pela manhã. Iran beijava sua testa antes de fechar os olhos. Ela suspirava quando sentia o bebê mexer e repetia para si, para o filho e para as tábuas do barraco que as coisas iam melhorar.

Mestre Flávio botou reparo na magreza de Iran e no exagero nos goles de café com Coca-Cola que o ajudante tomava como quem respira.

"Tenha calma, homem, não há dinheiro que valha essa latomia sem descanso", disse o mestre para Iran, que desconversou do papo que lhe parecia perda de tempo, o filho estava para nascer.

O menino veio antes do tempo e foi Ramiro quem acompanhou Joaninha até o hospital da Cidade Livre porque Iran estava nas galerias do subsolo do Congresso fazendo trabalho virado. Quando subiu, recebeu o recado e pegou o primeiro caminhão que rumava para lá.

"É homem, nego, tem saúde e quero que chame Marco", disse Joaninha quando viu seu homem chegar com os olhos de maré que sobe. Ela achou bonito quando Iran segurou o choro ao sentir o cheirinho de pele nova no filho que era seu. Ela se fez mulher feliz que tem amor e rezou o terço agradecendo a Deus pelas graças.

"Eita, que mãe Rita vai rir à toa quando olhar esse meninão forte!", disse Ramiro ao amigo depois de abraçá-lo enquanto Iran ainda segurava seu menino nos braços pela primeira vez.

Marco era comprido e mamava como se tivesse prazo para crescer. As mãozinhas fortes seguravam o peito da mãe e sugavam o alimento branco que parecia ter pingado em sua tez ligeiramente mais clara que a de Iran. Antes de cair no sono do trabalho que não chegava ao fim, Iran gostava de ver o meninão agitar os braços fazendo-se presente ali naquele barraco de começo. Escreveu à mãe para lhe contar a novidade e ela o lembrou de fazer rezas a Oxalá para o filho. Ela quis ir vê-los, mas Iran pediu que esperasse seu chamado quando a construção acabasse.

Acontece que ele se acabava. Numa das manhãs em que o pão adormecido com média não trouxe sustança para o trabalho que nem mesmo máquinas faziam sem interrupções, Iran tonteou e as contas, que ele não tirava do pescoço nem para dormir, se abriram como se garras as arrancassem de seu pescoço. Mestre Flávio sentiu a revoada de miçangas azuis se espalhar no chão, colocou as mãos nas vistas para protegê-las dos raios solares e pensou consigo que o menino não estava bem. Iran andava desconfiado e o fim das contas pareceu até um acerto. Ele desceu do poste e disse ao mestre Flávio que não terminaria de virar o turno naquele dia, ia para casa ter com a família. O chefe concordou, mas desconfiou.

A cabeça sem descanso de Iran não aceitava que Ramiro jamais virasse turnos de trabalho e andasse rindo à toa como se ali eles não vivessem tendo o tempo como inimigo. Quando enxergou o amigo embalando seu filho nos braços enquanto Joaninha lavava os cacarecos na bacia, Iran se inundou de cólera. Antes de se afogar na água suja da bacia em que a mulher mergulhava as latas, ele virou as costas e pisou tão forte no chão que suas pegadas de homem magro tiveram mais fundura. Iran desconfiava das intenções de Ramiro com Joaninha e aquilo já tinha tempo, mas a falta dele também não dava espaço para os pensamentos vazios crescerem. O nascimento de Marco encheu o juízo do homem que começou a achar parecenças entre seu bebê e o amigo que já tinha sido seu irmão. Os calombos em suas mãos de trabalhador se deram a segurar um copo de cachaça no bar improvisado ali no meio da Vila Planalto por repetidas vezes. Os goles desciam quentes, mas ardiam menos que o desgosto fermentado no peito apertado de homem magoado. Numa daquelas noites, Iran esqueceu de uma vez por todas que tinha casa. Bebeu toda a cachaça possível e a impossível também. Os homens misturavam álcool hidratado com água e açúcar para darem o tranco no serviço após a bebedeira e assim Iran foi trabalhar desvirado.

Mestre Flávio, cansado das cenas de embriaguez, mandou o melhor funcionário que já tinha recrutado de volta para casa quando sentiu o fartum da cachaça evaporada impregnado no suor azedo dele. Iran deu de ombros e abriu sua maleta para pegar o amperímetro e se embrenhar no subsolo daquele prédio que precisava de luz. As camadas de concreto sob sua cabeça eram menos pesadas que a dúvida da traição que seria dupla, da mulher, do amigo. As mãos de Iran tremiam, mas ele sentia uma coragem covarde naquele dia. A bebida o ajudou a trabalhar, mas não a pensar. O caminho até a Bahia era longo e difícil, mas Iran foi até lá enquanto suas mãos lidavam com a energia. "Ramiro sempre foi invejoso", sentenciou.

Joaninha dava de mamar ao menino estranhando a falta de seu homem, mas não se alarmou porque ele devia ter aceitado fazer mais um turno. A pobreza era dura, mas ela se orgulhava de Iran depositar dinheiro no caminhão da Caixa Econômica a cada quinzena. Ele tinha visão de futuro e pobre sem isso não percebe o necessário, Joaninha sabia. Colocou carne seca no feijão e estalou um ovo quando estava perto da hora de Iran chegar em casa. Ao entrar, ele beijou sua testa, mas não botou olho no menino, comeu e se deitou sem ir à casinha de fora para se lavar com a caneca.

"Eu esquento água pra temperar a do tonel, homem, vá se assear", disse Joaninha para Iran, que ralhou com ela pela primeira vez.

"E tu gosta de homem cheiroso agora?" A mulher não entendeu e murchou. Iran sentiu o perfume de alfazema de Ramiro dentro de sua casa e esmurrou o colchão inútil de capim antes de se pôr na rua.

Andou que Marco já estava durinho e se sentava. A mulher banhava o menino, fazia a comida, varria o chão batido com uma vassourinha de cabo curto, lavava e secava as latas para que não enferrujassem e espalhava ramos de alecrim ou folhas de canela pelo barraco para que cheirasse bem, mas nada trazia a calma para dentro do homem e de casa de novo. Não era de se lamuriar, mas estava farta das noites de coruja em que olhava o filho e sentia pontadas agudas em seu coração de moça pensando que Iran nunca mais tinha segurado o menino.

As contas feitas pelo juízo alterado pela pinga e pela exaustão não permitiam prova real. O homem tinha certeza de que aquele menino não era seu e só pensava nisso. A criança era mais clara que ele e não era por conta de Joaninha. O filho homem sai ao pai, pensava perdido nas goladas da bebida preparada para fazer a obra avançar. Numa noite de frio incomum, Iran largou o bar improvisado de mão e foi para casa mais cedo. Comeu jabá com jerimum que Joaninha sempre fazia e não lembrou de ter dado a ela dinheiro suficiente para comprar mais carne no armazém. Ele nem comia em casa e a mulher guardava a carne seca no varalzinho em cima do fogareiro, mas ele não via mais nada no barraco. O menino começou a chorar quando o pai se deitou calado fechando os olhos e o coração para tudo. Estava ébrio e traído pelo horizonte de quem queria ser. Mandou que a mulher acalmasse a criança e ela o sacudia dizendo que o frio devia estar incomodando seus dentinhos, que começavam a nascer. Iran pensou que um filho seu não choraria por tão pouco. Pegou o menino pela primeira vez em tempos e saiu correndo com ele em direção ao imenso lago que estava sendo construído como tudo ali naquela cidade desesperante.

Joaninha foi atrás dos dois. Iran mostrava sua loucura nos passos corridos das pernas que se confrontavam querendo barrar a chegada até o lago quase cheio. O frio aumentava perto da água e Marco chorava alto sem fazer pausas para encher os pequenos pulmões mais uma vez até que a água veio junto do ar e invadiu seu peito de bebê de colo que não encontrou um para se segurar. As estrelas viram os bracinhos pretos se mexendo dentro da água de gelo, assim como os braços finos do homem que manteve o bebê imerso por segundos que pareceram horas para o céu e a terra, que testemunhavam o horror que as gentes carregam dentro de si. O mundo queria se apagar quando uma ventania ruidosa surgiu levantando a água, que avançou contra Iran fazendo-o erguer o bebê de repente como se acordasse. Marco respirou e botou água pela boca.

"Acode, Ramiro, acode!", gritou o desespero de Joaninha, que tinha ido buscar o amigo no alojamento quando viu que nada pararia Iran, que já era outro. Ramiro puxou o bebê dos braços de quem já não reconhecia. Não houve força, nem luta, só dor.

"Leva seu menino daqui, Ramiro traidor, leva!"

Ramiro sentiu o corpinho petrificado do neto de Matila e o abraçou para aquecê-lo quando os braços molhados de Joaninha, que urrava como um bicho que não se sabe o nome, tomaram o menino. O amigo viu o desalento em forma de homem e quis ir atrás de Iran, que se meteu no escuro, mas ele precisava amparar a mulher e o bebê e assim sucedeu. Ramiro sofreu com as palavras de Iran. O menino não era dele. Aquela ofensa feriu seu brio de homem, mas não o de amigo. Ele daria um jeito de fazer o filho de Rita e Jonas se alembrar de onde é que vinha.

O sol brilhou solene naquela manhã, o que não parecia certo para a noite que tudo viu. Os homens não mereciam tanto. Era mais um dia para se sofrer. Ramiro deixou Joaninha e o bebê no barraco e ficou sentado no chão do lado de fora para ter com Iran caso ele chegasse. Estava preocupado, mas o amigo não voltou e ele sabia que já estaria na obra voltando suas forças parcas para a construção. *Mas de quê?*, pensou Ramiro. Ele passou direto para a Cidade Livre para despachar uma carta urgente para dona Rita. "Venha ter em Brasília. Iran precisa da mãe e dos Orixás. Estou mandando um dinheirinho para a senhora comprar lugar na boleia. O menino está bem e cresce forte. Sua benção. Seu filho Ramiro", escreveu com a caligrafia caprichada para a mulher que lhe ensinou as letras.

Ramiro passou a manhã por ali tentando arranjar uma colocação longe do amigo para ver se a distância ajudava a arrancar a ciumeira do peito dele. Quando estava perto da hora do almoço, Ramiro viu Joaninha e Marco no ponto de chegada dos transportes. A orquestra da vida arranjou que fosse dia de saída de ônibus e ele entendeu tudo quando viu a mala nos pés da mulher. Ele tentou convencê-la de desistir de partir, falou que conhecia Iran desde pequeno e que ele não era de beber assim.

"As coisas vão melhorar, comadre", disse o homem segurando o chapéu no peito e olhando para a carinha de Marco, que parecia não ter lutado para viver horas antes.

"Volto para João Pessoa com o menino. Sou mulher de valor e não imploro a Deus sem fazer por onde", disse Joaninha com uma voz doída, mas altiva. Quando subiu no ônibus e segurou o menino, disse em seu ouvido que seu pai tinha morrido. O ônibus partiu.

Ramiro encarregou mestre Flávio de dar a notícia a Iran e os dois combinaram de estender as mãos ao amigo. A vida ia se ajeitar. Mas Iran bebeu dias e noites quando viu o barraco vazio das miudezas da mulher e do filho: uma escova de cabelo, três mudas de roupa, dois lenços de cabelo, uma chupeta, duas fraldas de algodão, um batom vermelho. Ele contava as coisas e se despedaçava por dentro. Queria ir atrás de Joaninha, mas não tinha forças nem para trabalhar. Ficou deitado por dias com o barraco fechado junto com seu coração de homem errante que não tinha semelhança alguma com seu próprio pai. Iran sofreu por ter esquecido que tinha casa.

Ramiro deixava uma marmita enrolada no pano de prato na porta do barraco do irmão. Mestre Flávio levava cartilhas novas e contava do avanço da construção para o amigo, mas sabia que não conseguiria segurar o posto dele por muitos dias principalmente depois que o lago estivesse completamente cheio. Muita gente daquela obra seria realocada para as outras precisões. Ramiro se sentiu perdido no dia em que teve mais gente chegando à Vila com trouxas nas mãos e agonia na cabeça. Era por conta do lago. O lago enchia cada vez mais e mais, a vila vizinha seria inteiramente alagada. Iran subiu em um imenso pé de jatobá para ver o imenso lago, o abismo em que ele jogou sua vida. O homem chorou sozinho e se sentiu menor que o filho quando uma borboleta cinzenta pousou no galho da árvore que o acolhia. Iran viu um pó saindo das asas do inseto e aquilo o fez lembrar das cinzas que sobraram do incêndio do terreiro de vó Matila quando os homens de botas tacaram fogo no mundo que ele conhecia. Quando lembrou que tinha casa, Iran chorou mais forte. Desceu do jatobazeiro decidido a cuidar do que era seu e a ser quem quisesse ser.

Iran amanheceu na obra do prédio de letra H. Chegou cedo sem passar no refeitório para o desjejum. Estava ansioso para se reerguer da queda que lhe havia quebrado os ossos. Ele tinha dinheiro na Caixa, a construção estava perto de acabar e daria um jeito para ir atrás de Joaninha e de Marco. Mestre Flávio ficou feliz ao ver o amigo, mas preocupado com a magreza dele, que tinha se acentuado durante os dias de cachaça trancafiado no barraco. O homem começou a trabalhar com a vontade que sempre teve e resolveu um baita problema que estava acontecendo nas ligações da galeria subterrânea. Os colegas ficaram tão empolgados quando Iran descobriu o cruzamento de fios que estavam bloqueando a passagem da voltagem que resolveram escrever recados ali mesmo nas paredes que receberam luz por conta de seu esforço. Queriam deixar uma marca, queriam mostrar que estiveram ali mesmo que o fosso não viesse às vistas de ninguém. Não eram todos os que sabiam escrever e se ajudaram. Iran registrou na parede a frase que um dos colegas lhe ditou: "Que os homens de amanhã que aqui vierem tenham compaixão dos nossos filhos e que a lei se cumpra". Elogiou o amigo Zé dizendo a ele que falava bonito e seguiu para outra tarefa.

Iran passou pelos corredores pensando nos dizeres do amigo sobre a compaixão pelos filhos e suspirou com saudade do seu. Sim, era seu. Joaninha era mulher correta. Teve vergonha de tê-la feito sofrer tanto e de desconfiar de Ramiro, um irmão. Afastou aquelas fraturadas lembranças da cabeça e encarou o trabalho. Em um dos muitos vãos do prédio inacabado, Iran ouviu um rapaz do outro lado pedindo que lhe jogasse o saco de cimento que estava ali no chão. Aquilo acontecia toda hora no ritmo sincopado da obra que tinha que acabar, da cidade que tinha que chegar. Iran estava disposto e quis ajudar o homem que queria se adiantar. Abriu as pernas para estabilizar o eixo do corpo e agarrou o saco de cinquenta quilos levantando-o até a altura da cintura como já tinha feito tantas vezes. Iran impulsionou o saco por entre as pernas para arremessá-lo ao colega, mas seus pés descolaram do chão junto com o imenso pacote de cimento de um jeito que ele não pôde prender-se a um obstáculo sequer que pudesse reter seu corpo no solo firme. Iran foi junto com o cimento, que seria concreto ao misturar-se à água, e caiu dos muitos andares como se nada fosse. Todo o desespero do mundo coube na fração de tempo que separou a consciência da queda do ponto final de Iran. Antes que a borboleta-da-asa-que-vê levantasse voo mais uma vez, mãe Matila e mãe Jacinta seguraram nas mãos do neto, ele sentiu. O uivo sem barreiras de Iran foi ouvido de longe e o baque seco dos seus ossos se estraçalhando no chão sem tempo para o lamento, também.

Os homens correram para acudi-lo. Ouviram dizer seu nome. Ouviram dizer de sua queda. Quem estava embaixo já sabia que tinha que puxar o corpo e esconder antes que o apito tocasse e a perua chegasse. Caso contrário, não haveria enterro, velório, choro, respeito. Ouviram dizer que enterravam as pessoas aos montes em algum lugar escondido. Atrapalhar o trabalho com sepultamento era bobagem e fazer medo nos outros para quê? Era esse o pensamento de quem mandava no povo que trabalhava, trabalhava, trabalhava. A construção tinha prazo para terminar, mas Iran se acabou antes. Ramiro desfigurou o rosto pelo horror de não ter como reconhecer a cabeça do amigo ali aberta e escondida atrás de uma máquina de concreto que tentava resguardar seu direito de ser gente depois de morrer.

XV

Eu não tive forças e não me reconheci quando li os resultados dos dois testes de gravidez no banheiro da minha casa. Não pude lutar com minha consciência pesada, só recostei o corpo na parede de azulejos fora de linha e caí como a lágrima bojuda que escorreu da linha d'água dos meus olhos. Eu havia traído a mulher que eu queria ser e agora era outra. A gravidez na adolescência havia me aterrorizado com os casos de abandono da escola e dos sonhos. Eu tinha visto isso de perto e estava ali grávida no começo da graduação, cometendo o erro que vira mil para quem não tem o luxo de desperdiçar chances. Escondi as embalagens e os tubinhos no bolso do jeans e me esgueirei para meu quarto.

A noite escura e fria conversou com minha agonia. Tremi os lábios e perdi o foco da minha vista embaçada vidrada nas paredes do quarto. Tio Leite e tia Bené já tinham ido embora dando lugar ao silêncio dos meus pais que potencializava meu temor. O desespero é solitário e sentido pelos corações e os cérebros. Quase todo o resto de nós tem alguma companhia. Chorei com meus dois pulmões, embrulhei minhas duas pernas, cutuquei as cutículas das minhas duas mãos, fungei pelas minhas duas narinas, franzi minhas duas sobrancelhas e sofri por dois querendo ser uma só. Naquela noite, senti um medo que afogava todos os meus órgãos e anunciava o colapso de um futuro que era meu, mas não só. Lembro das lágrimas de maré que sobe entrando nos meus lábios e inundando minha língua com a culpa pela estupidez vacilante tão juvenil quanto eu jamais havia me sentido. Eu não tentava dormir, só queria achar uma saída para fazer valer minha vontade de seguir tracejando a linha e andando nela como vinha fazendo. O possível avô foi diluído na universalidade da agonia particular que removia meu suado xis de promessa para o xis de problema.

Não sei quando adormeci. Apoiei o cotovelo na cama num susto que me freou erguida pela metade quando minha mãe entrou no quarto para ver se eu estava bem. Ela se sentou ao meu lado e quis saber o porquê da minha cara inchada. Abracei tanto ela com seu cheirinho fresco de café coado que meu corpo se encolheu automaticamente buscando conforto. Minha cabeça pesada como vigas de ferro foi puxada pelo seu colo de ímã que também atraiu meu pranto, magma da minha alma comprimida. Fran estava preocupada, mas respeitou meu silêncio acariciando as penugens finas que nasciam na divisão entre minha testa e o couro cabeludo.

"Eu passei água de coco pro seu cabelo nascer quando você era bebê e até hoje você tem esses cabelinhos", disse mamãe emendando: "Vai passar, Nana, seja o que for, vai passar. A mamãe está aqui". Um filho não passaria. Aquele pensamento era um tormento para mim e não sei se eu conseguiria falar para alguém. Eu não queria ser mãe, queria parar, queria tirar.

Falei para minha mãe que iria à UnB fazer um dos trabalhos de final de semestre e logo saí de casa. Meu pai seria capaz de me deixar deitada no baú de madeira mais uma vez? Quantas meninas eram expulsas de casa quando engravidavam? Como eu conseguiria estudar e cuidar de uma criança? Eu não poderia fazer isso comigo. Lutei tanto para ter alguma chance. O cara sempre sumia. O que Miguel ia fazer? Eu precisava de dinheiro para dar um jeito naquela burrice. O enredo me enojava. Eu me sentia estúpida indo em direção ao orelhão discar o número da casa da minha orientadora. A imagem de Teresa, quem eu queria ser, espezinhou meu tormento.

"Alô, Miguel? Você pode me encontrar daqui a pouco?"

"Oi, Nana! Posso sim. Novidades do vô?"

"Também."

"Estou ansioso, só falo disso com minha mãe. Lá na sala do grupo, pode ser? Bia deixou a chave."

"Em duas horas estarei lá."

Era domingo, passei pela praça para pegar o metrô e tive uma recordação ruim. Fran me deixou segurando umas sacolas na porta do varejão para que não achassem que ela fosse roubar algo e entrou. O dono fazia isso para evitar que a comida fosse roubada por quem tomava essa atitude por ter mais de um estômago para alimentar. Sentei no chão entre nossas sacolas e uma mulher perguntou quanto eu cobrava para carregar as compras dela até sua casa. Aquele trabalho era feito por crianças que trabalhavam como adultos e eu me achava muito diferente delas por não precisar trabalhar. A mulher me mostrou que nos via como as mesmas crianças e meu único coração foi quebrado ali. "Tenho pai e tenho mãe", respondi a ela com um tom agudo de medo de um dia ter que comer a galinha que minha mãe precisou vomitar um dia. Não daria conta de fazer uma criança sofrer com meus estilhaços de formação.

O metrô me levou pelo subterrâneo, onde eu queria permanecer, e sem ver a paisagem mudar, quando baldeei para o ônibus na rodoviária, cheguei ao subsolo da UnB. Miguel estava sentado com um livro nas mãos. A sala do grupo estava completamente diferente com o graffiti que o pessoal fez após o ataque. Vi as caricaturas de estudantes pretos, mas não fui capaz de observar os detalhes. Ele se levantou ao me ver e soube identificar minha preocupação ao me abraçar sem falar nada. Deitei a cabeça em seu ombro e respirei com calma para controlar o nervosismo. Ele ergueu meu queixo e me beijou com a exata calma que meus poros clamavam.

"Linda, vai dar tudo certo nessa história. Você achou alguma coisa?"

"Nem acredito, mas sim. A Viviane, uma mulher que eu conheci numa palestra que ela deu no centro espírita um dia desses", disse a Miguel coçando a cabeça, que já tinha mudado o foco das preocupações.

"Não entendi, preta. O que tem ela com o registro do jazigo?"

"É que ela pode ser filha do Ramiro Félix."

"Caraca! Você avançou tudo isso num só dia?"

"Tem coisa que só precisa de uma chance para acontecer, Miguel, uma", disse a ele buscando ar no fundo da minha alma confusa e emendei:

"A palestra que vi da Viviane era sobre perdas irreparáveis. Ela perdeu o marido e os filhos num acidente de carro."

"Deve ser terrível perder um filho", disse Miguel balançando a cabeça olhando para o chão.

"O nome do Ramiro aparecia numa reportagem sobre essa tragédia."

"Você tem que dar um jeito de falar com ela, então. Nana, seu vô quer te achar!"

"Eu já mandei e-mail pra ela. Mas, calma, podem ser só nomes iguais mesmo."

"Abre seu e-mail aí. Parece que eu tô mais ansioso que você", disse Miguel apontando para um computador no canto da sala.

A novidade me fez observar o lugar com mais atenção. Miguel me explicou que o recurso da exposição previa a compra de um equipamento de apoio para a pesquisa. Agora a sala tinha computador, um cabo de internet e impressora. Enquanto ele falava e ligava o estabilizador, minha mente correu pelos contornos do graffiti de um menininho de cabelo crespo redondo e olhinhos caídos. Miguel afastou a cadeira para que eu pudesse me sentar.

Digitei minha senha como se aquilo fosse uma sentença de tempo curta demais para o tamanho do meu erro. Talvez eu merecesse ficar presa por ter colocado minha liberdade em risco. A caixa de entrada tinha uma mensagem de Viviane. Meu corpo estava tão sensível que meu reflexo imediato foi o de me levantar apontando para a tela. Miguel entendeu a palavra não dita e se sentou na cadeira para abrir a mensagem.

"Oi, Jordana! Você lembra o nome do centro em que me ouviu falar? Olha, eu fiquei muito feliz e surpresa com sua mensagem. O Iran foi um grande amigo do meu pai. Aliás, papai veio a Brasília por insistência dele. E tem mais, a mãe dele, a mãe Rita, mora na Ceilândia. Papai gosta muito dela e eu também. Me ligue, querida, temos muito o que conversar. O número é..."

Miguel leu a mensagem duas vezes, em voz alta e exaltada. Andei para lá e para cá no retângulo da sala agitando toda a memória que me compunha até ali. Meu pai tinha uma avó viva, era isso mesmo? Eu tinha uma bisavó viva? Miguel me abraçou forte e me levantou pela cintura como se fosse fazer uma cesta comigo. Aquele movimento de jogo parecia os últimos lances da minha vida, que me surpreendia com amor e temor.

"Nana do céu! Não pode ser! Uma bisavó viva!"

"Eu não acredito! Meu pai vai passar mal. Ele sempre quis essa família do pai. Quis tanto..."

"Agora ele vai ter, preta, pense assim."

"Ele tem uma família, só não sabe como nos amar."

Pronunciei a frase com uma nitidez tão amarga nas cordas vocais que elas convocaram a presença imediata de lágrimas. E elas vieram para me lavar e me levar de volta para a casa que eu não imaginava que tinha.

"Amar não é fácil, Nana, mas a gente vai tentando", disse Miguel enquanto acariciava meu cabelo partido ao meio como a minha história.

Estávamos em pé em frente ao graffiti e era como se os personagens participassem da conversa de descobertas e assentamentos. Eles nos viam.

"Por que será que ela escreveu 'mãe Rita' e não 'dona Rita', 'senhora Rita?'", perguntei ao Miguel secando meu choro, que não parava, na minha camiseta.

"Só ligando pra saber. Tem gente que fica bem de mãe, deve ser isso", disse Miguel tentando levantar um sorriso na minha boca que se encurvava para o chão como meus ombros e minha vida.

A palavra "mãe" impulsionou minha língua a um movimento sem plano e aflito: "É que eu tô grávida, Miguel". Lembro da confusão que eu senti por saber da vida da mãe Rita e por falar daquela outra que transformava toda a minha. Ficamos ambos petrificados em uma linha continuada de tempo nos segundos alargados e nos tocamos com nossos olhos imaturos, mas intuitivos. Miguel me abraçou com as mãos úmidas e pude ler a sentença talhada na arte: "Nós, negros, sempre fomos livres".

O lago é grande e suas águas são da profundidade do abismo que quiseram que ele fundasse e protegesse. Os anos se passaram e eu vi tudo acontecendo lenta e separadamente como quase tudo por aqui. Mas posso dizer que hoje estou feliz vendo você conhecer o itã de Oxalá da boca do seu tio-avô José.

Você fez uma escolha para renascer folha e se tornou quem queria ser quando entendeu que jamais esteve sozinha. Marco precisou da sua mão de filha para arranjar seu abraço de pai. E o sopro de vida, que mãe Matila tanto pediu a Onira para ventar de novo, trouxe a continuidade.

Ainda lembro quando Marco voltou para cá aos catorze. Joaninha lhe disse que seu pai tinha morrido na construção, como soube por um conhecido que retornou à Paraíba quando fui inaugurada. Muitos deles regressaram, houve uma operação para mandar as gentes para seus lugares porque não cabiam mais. Eles serviram para trabalhar, mas para morar havia um plano. O homem contou a tragédia a Joaninha e ela já tinha decidido que a história repetida seria mesmo a da morte. Ela se casou de novo para viver e para esquecer, mudou de cidade e mandou o menino ficar com sua mãe no sertão. E foi assim que mãe Rita e Ramiro jamais conseguiram encontrar Marco quando se puseram a João Pessoa em busca da cria de Iran. Reconheci os episódios quando ouvi Marco contar sua memória interrompida a Fran, a Leite e a você tantas vezes.

Marco gosta de ficar horas sentado ao lado de mãe Rita para ouvir o silêncio e isso eu faço gosto de ver. Hoje você sabe que ela chegou à vila dias depois do enterro de seu primogênito e a dor de sua perda eu testemunhei por anos. Ela estava lá em seu coração quando o terreiro foi fundado na Ceilândia. Onira lhe mostrou a terra e Rita trouxe os assentamentos de mãe Matila, que antes foram de mãe Jacinta. E tudo se fez.

Agora você sabe o que é importante saber. Eu também te vi criar e sempre soube que um dia você escreveria o que é para ser escrito.

Dados Internacionais de Catalogação na Publicação (CIP)
de acordo com ISBD

M357c
Marques, Andressa
   A construção / Andressa Marques
   São Paulo: Editora Nós, 2024
   192 pp.

ISBN: 978-65-85832-61-8

1. Literatura brasileira. 2. Romance. 3. Literatura negra.
4. Autoria feminina. 5. História de Brasília. I. Título.

2024-3927   CDD 869.89923 CDU 821.134.3(81)-31

Elaborado por Vagner Rodolfo da Silva, CRB-8/9410

Índices para catálogo sistemático:
1. Literatura brasileira: Romance 869.89923
2. Literatura brasileira: Romance 821.134.3(81)-31

© Editora Nós, 2024
© Andressa Marques, 2024

Direção editorial **SIMONE PAULINO**
Editora-assistente **MARIANA CORREIA SANTOS**
Assistente editorial **GABRIEL PAULINO**
Projeto gráfico **BLOCO GRÁFICO**
Assistente de design **STEPHANIE Y. SHU**
Preparação e revisão **EDITORA NÓS**
Produção gráfica **MARINA AMBRASAS**
Assistente comercial **LIGIA CARLA DE OLIVEIRA**
Assistente administrativa **CAMILA MIRANDA PEREIRA**

Imagem de capa **FERNANDA SANTOS**
Mulheres pretas celebrando, 2023
50 × 60 cm, acrílica sobre tela

*Texto atualizado segundo o novo Acordo Ortográfico
da Língua Portuguesa*

1ª reimpressão, 2025

Todos os direitos desta edição reservados à Editora Nós
Rua Purpurina, 198, cj. 21
Vila Madalena, São Paulo, SP
CEP 05435-030
www.editoranos.com.br

Fonte **EPICENE**
Papel **PÓLEN BOLD 70 G/M²**
Impressão **DOCUPRINT**